DES
JARDINS SECRETS
REMPLIS D'ORTIES

COUVERTURE
Conception graphique : Maude Vallières

INTÉRIEUR
Révision : Céline Vangheluwe
Correction : Élyse-Andrée Héroux
Mise en pages : Michel Fleury

Tous droits réservés
ISBN : 978-2-89811-124-2
ISBN (PDF) : 978-2-89811-125-9
ISBN (EPUB) : 978-2-89811-126-6

Dépôt légal : 1er trimestre 2023

Imprimé au Canada

flammarionquebec.com

DOMINIQUE BERTRAND

DES JARDINS SECRETS REMPLIS D'ORTIES

ROMAN

Flammarion
Québec >

À ma mère
À ma fille
Et à ma petite-fille à naître

Le monde ne sera pas détruit par ceux qui font le mal,
mais par ceux qui les regardent sans rien faire.

ALBERT EINSTEIN

Pour renaître de ses cendres,
il vaut mieux partir en fumée.

GAËTAN FAUCER

Can anybody find me somebody to love?
Ooh, each morning I get up I die a little
Can barely stand on my feet.

FREDDIE MERCURY, QUEEN,
Somebody to Love

Ce roman n'est aucunement tiré de faits vécus avérés. Le sort qui est réservé aux salauds de cette histoire, la loi ne le permet pas. En revanche, rien n'interdit à l'imagination d'une auteure de se payer la traite royalement et d'en jubiler à fond.

D. B.

PREMIÈRE PARTIE

Chapitre un

RICHARD

Ce qu'elle m'a raconté, Clara, c'est qu'au moment où Polnareff s'était lancé dans *Love Me, Please Love Me*, il était en fait déjà trop tard pour revenir en arrière. Les dés étaient jetés depuis bien plus longtemps qu'elle ne le croyait. Mais ça, elle ne finirait par le découvrir que le 22 décembre, au terme d'une longue et douloureuse quête d'amour, de vérité, de justice et de dignité.

Dès les premières notes, tout était parti en couille, façon de parler. La station de radio avait sans doute sorti cette toune des boules à mites dans le but de ramollir le gros nerf des auditeurs coincés dans le trafic. Il y avait d'abord eu la cascade de piano, qu'elle avait reconnue en moins de deux, et puis ensuite cette voix, mi-castrat, mi-rocker, qu'on n'a jamais trop su dans quelle bracket caser. En tout cas, Clara l'avait accompagnée en hurlant comme une perdue, les deux mains agrippées au volant et les yeux emplis de larmes tandis qu'elle dépassait sa sortie sur l'autoroute. Montant vers le nord dans la voie de gauche derrière un pick-up flambette plaqué «Ontario», elle avait roulé comme ça, sa voix surfant sur celle de Polnareff, l'angoisse dans le tapis et le cordon du cœur traînant dans le vide plus que d'habitude.

Il devait être autour de dix-sept heures. L'heure où d'ordinaire elle rentrait de ses errances quotidiennes, dans sa belle grande maison pleine de silence et full marbre de Carrare, pour enfiler un tricot fancy en même temps qu'un gin tonic bien tassé, question d'affronter le vacuum habituel de la soirée avec un peu de slack dans l'échine. Cette heure de la journée où elle s'accrochait à son rôle de bonne épouse, faute de mieux, et fricotait quelque chose de fabuleux pour le souper juste au cas où Bernard, son fucké de mari, déciderait de rentrer d'un meeting pas plus net qu'il faut avec un maire, un ministre ou un petit bandit de la construction, la mallette remplie de bills de 100. Au lieu de ça, elle se trouvait encore sur la route. Il pleuvait à boire debout. Ses essuie-glaces peinaient à chasser les trombes d'eau qui s'abattaient violemment sur son pare-brise. Et malgré le poids des achats qu'elle venait de faire et qui étaient empilés dans leurs housses de soie sur la banquette arrière, son VUS zigzaguait sous le coup des bourrasques, pareil à une couleuvre à la surface d'un étang.

Puis l'affluence avait fini par se dissiper. Mine de rien, Clara avait semé presque tout le monde entre Mirabel et Sainte-Adèle, avant d'aboutir sur la 117, toute bouffie d'avoir trop chialé. Après avoir évité de justesse un cerf qui traînait par là, la houppette blanche de son petit cul frétillant au cœur de la nuit tombée, elle avait continué de rouler sur les hautes dans la flotte qui s'était changée en bruine. Filant à l'anglaise son mauvais coton, Clara s'était rendue p'tit train va loin jusqu'à Mont-Laurier, son tableau de bord brandissant la menace imminente d'une panne sèche. Puis elle avait pris au hasard un chemin de traverse au bout duquel elle avait vu clignoter l'enseigne lumineuse du truck stop Le Thank God. Elle s'était dit qu'elle était sauvée.

Au même moment, moi, encore à trois cents kilomètres du poste frontalier de Stanstead, je tombais pour la trentième fois de la semaine sur la foutue boîte vocale de Cynthia. « *Hi! You've reached Cynthia Wilson. You know what to do.* » J'ai parqué mon camion sur l'accotement, suis sorti vérifier mon chargement à la grosse pluie battante pour ensuite remonter en vitesse dans ma cabine, la chemise collée sur le dos, le sacrum et les cervicales en feu. On peut dire que j'avais mes onze cents kilomètres de la journée dans le corps et tous mes soixante balais sur le cœur. En tirant sur ma Player's, j'ai posé longuement mon regard sur la photo de Nicolas scotchée à mon dash.

Il devait avoir neuf ans. C'était six ans avant le drame. La pluie a cessé et je me suis mis à compter jusqu'à mille, histoire de donner à Cynthia la chance de me rappeler. Mais bon. Faut croire que je ne me faisais plus trop d'illusions. On ne peut pas sauver tout le monde. Ce qui fait qu'à huit cents j'avais déjà repris la route et garroché mon Samsung par la fenêtre. Pour moi aussi, les jeux étaient faits depuis belle lurette.

CLARA

J'ai d'abord fait le plein d'essence, puis je suis passée à la caisse, dans le petit casse-croûte crasseux attenant au Thank God. Un boui-boui éclairé au néon, avec des banquettes de skaï éventrées, des stores décatis et des comptoirs de formica constellés de brûlures de cigarettes, écaillés par endroits. Le grand chic, quoi. Les murs affichaient ici et là des traces de moisissure et des éclaboussures de sauce, de vin rouge ou de sang, dur à dire. J'ai pensé reprendre la route pour Montréal, mais me suis ressaisie. J'ai payé mes litres de gazoline à la serveuse, une jolie brunette au visage de biche, une sorte de Audrey Hepburn qui m'a paru malheureuse comme les pierres avec son ventre arrondi de femme enceinte et ses cernes bleutés sous les yeux, puis j'en ai profité pour demander une chambre pour la nuit.

— Pour ça, faut voir Bob, le patron, a dit la biche en pointant du doigt un bonhomme à la carrure de pitbull, occupé à regarder une sitcom à la télé, le genre à ne pas avoir inventé l'eau chaude.

Beau petit couple ! que je me suis dit.

Quand il s'est avancé, le patron a eu l'air étonné. De nouveau j'ai dit que je voulais une chambre pour la nuit. Ça l'a fait rigoler d'une manière qui n'annonçait rien de bon, un rire de vampire qui s'apprête à planter ses dents dans la jugulaire de sa victime, vous voyez le style. Il a pris à témoin les autres clients, comme s'il n'en croyait pas ses oreilles.

— Oooh ! a-t-il répondu en faisant son précieux, le petit doigt en l'air pour amuser la galerie. Madame veut une chambre !

Les autres ont ricané à leur tour comme des moutons de Panurge tout en buvant leur café. Sauf la biche qui, elle, semblait plutôt dans ses petits souliers.

— Il faut payer d'avance, a ajouté l'enfoiré en approchant son visage tout près du mien.

Je suis allée garer ma voiture devant le motel miteux, j'ai agrippé mon butin de shopping et j'ai foncé vers la chambre 10, pour me jeter lourdement sur le lit. Un soldat tombant sous les balles. Je me suis réveillée au petit matin, le manteau encore boutonné et le bonnet de laine enfoncé jusqu'aux yeux, alors que le chasse-neige mitraillait dans la chambre la lumière stroboscopique de son gyrophare et déchirait de ses bruits stridulants le si lisse silence de l'aurore. L'hiver nous faisait de l'œil.

*

Ça sentait bon le café du matin dans la gargote. Vêtue de mon ensemble Cucinelli tout neuf et frais sorti de sa housse, j'ai pris place sur une banquette rafistolée au duct tape, sous un poster jauni de Samantha Fox. La petite biche est arrivée, le ventre en avant et le calepin à la main avec en prime, au visage, une meurtrissure qu'elle n'avait pas la veille. Je lui ai souri d'un sourire entendu qu'elle ne m'a pas rendu.

— Vous allez prendre quoi?

— Vous vous appelez comment?

Du bout de son stylo, elle a désigné son insigne épinglé sur son pull. Symone.

— Alors Symone, qu'est-ce que vous me suggérez?

Elle m'a regardée, ennuyée comme si je lui demandais de résoudre un problème de physique quantique. Puis avec une pointe d'accent, elle a dit:

— Vous ne vous trompez pas avec les crêpes. C'est moi qui les fais.

J'ai mangé les crêpes que Symone m'a servies, nappées d'un savant mélange de miel, de crème et de sirop de fleur d'oranger, le tout surmonté d'une cuillerée de chantilly maison qui valait franchement le détour. J'ai pensé à Bernard, mon mari… J'ai imaginé sa gueule en rentrant dans la maison vide, et la terrible colère qu'il avait dû faire quand il avait constaté ce matin que je n'étais pas rentrée de la nuit. C'est alors que mes douleurs sont revenues d'un coup. J'ai avalé deux cachets et j'ai payé mon petit-déjeuner à la caisse. J'ai laissé un pourboire monumental pour Symone, dans le petit gobelet de styromousse marqué à son nom. Mais Bob s'est dépêché de le foutre dans sa poche, ni vu ni connu. C'est toujours comme ça. C'est alors qu'ils tentent de la dissimuler que les gens dévoilent le mieux toutes les facettes de leur vilenie. En touchant ma joue droite, j'ai demandé, faussement débonnaire :

— Qu'est-ce qui lui est arrivé, là, à la petite ?

Mais le pitbull s'est détourné de moi en laissant tomber son poing sur le comptoir, l'air du type qui n'a rien entendu et qui joue les innocents. De stupeur les verres se sont entrechoqués et le grille-pain a recraché ses toasts de pain blanc avant son temps.

À la sortie, un camionneur qui venait d'arriver m'a cédé le passage sans dire un mot. Puis il est entré dans le resto avec la tête d'un homme plus à boutte de toute qu'au bout de sa route. Le genre de gars qui ne refuserait rien à manger, pas même de la vache enragée.

*

De retour dans ma chambre, j'ai allumé la télé et je me suis allongée sur le lit en attendant que les médocs fassent leur effet. Au plafond, des cernes d'eau formaient des entrelacs qui faisaient gondoler le crépi. Soudain, l'ampoule de la lampe de chevet a grillé. Le poids du jour à venir s'est déversé d'une seule traite dans la pièce à travers les rideaux élimés, et la douleur a tranquillement relâché ses serres. Pendant que Gino souriait à la caméra de *Salut Bonjour*, j'ai fermé les yeux pour penser à ce que j'allais faire du reste de ma vie. Franchement, je ne voyais pas comment j'allais pouvoir poursuivre ce marathon avec tous mes liens affectifs éventés comme de vieux élastiques, ma maternité volatilisée, le cœur aussi sec qu'un pruneau d'avoir autant manqué d'amour, et tout ce pauvre corps devenu inutile à force de se faire tourner le dos. J'ai repensé à cette phrase que m'a dite un jour ma psy, alors que je répandais des bouillons de larmes sur son canapé :

— Il y a des maladies qu'on ne guérit pas avec des médicaments, Clara, mais avec de l'amour.

— Et si ça ne marche pas ?

— Alors il faut augmenter la dose.

Je me suis dit que vu la manière dont les astres s'alignaient au-dessus de mon désert relationnel, il ne faisait pas de doute que j'étais partie pour une bonne trotte sur les pilules. Autant m'y faire. On prend ce qu'on a.

L'amour, la tendresse, tout le monde sait bien que c'est juste pour une poignée de veinards.

RICHARD

Quand je suis finalement arrivé au Thank God à la sortie de Mont-Laurier, il était passé huit heures le matin du 9 décembre. J'avais pris du retard. Rien de grave, les petits ennuis mécaniques habituels. Un pneu, un wiper, une strap, un garde-boue qui décroche. Et comme tout un tronçon de la 91 était fermé, j'avais dû me taper un détour à n'en plus finir. La neige fraîchement tombée avait eu le temps de fondre pas mal, mais il restait dans le fond de l'air une odeur d'hiver qui vous donnait envie de flâner dehors, les mains dans les poches et les cheveux au vent.

Déjà chaudasse en cette heure matinale, le patron m'a remis la clé de la chambre 11. J'ai commandé trois œufs tournés avec bacon. On m'a servi deux sunny side up avec jambon. Ben coudonc. La serveuse s'est éloignée vers la cuisine en tenant son gros ventre et sa vie de misère dans ses mains. Au passage, le patron l'a enguirlandée et a fait mine de lui foutre une baffe derrière la tête. En glapissant, elle a vite levé les bras pour parer le coup qui n'est jamais venu. Ça faisait peine à voir, ce gros cinglé qui se moquait d'elle. La petite s'est contentée de lui jeter un regard plein de terreur, de mépris et de lassitude. On voyait qu'elle avait l'habitude.

J'ai sorti mes affaires du truck, avec *Les racines du ciel* et le tout dernier Fottorino, et j'ai flyé sous la douche. J'ai laissé l'eau brûlante couler sur la raideur de ma nuque, puis je me suis couché entre les draps glacés. J'ai glissé une pièce dans la machine à faire vibrer le matelas et j'ai réfléchi à ce que j'allais bien pouvoir faire du reste de ma foutue vie. Comment je pourrais continuer ma route sans plus personne à aimer.

*

D'une affaire à l'autre, la journée avait passé et la nuit avait fini par venir s'allonger à mes côtés devant un match Canadien-Boston. Le sommeil était sur le point de m'assommer lorsque j'ai entendu s'élever des éclats de voix, des cris de dispute qui venaient du casse-croûte. Je me suis levé. Par la fenêtre, j'ai vu la serveuse traverser à toutes jambes le parking vers les bois, le gros patron courant à ses trousses comme un sanglier enragé. Crisse, que je me suis dit.

J'ai ouvert ma porte en trombe ; celle de la chambre voisine s'est ouverte au même moment. Il y avait cette femme magnifique, là, devant moi, que j'avais croisée le matin même à l'entrée du resto. Les cheveux en bataille et le visage tout baigné de larmes, elle se tenait debout, pieds nus, et criait « Symone ! Symone ! » d'une voix à vous arracher le cœur. On s'est regardés. Elle a eu l'air embarrassée ; c'est là que j'ai réalisé que j'étais à poil. Entre deux frissons, elle m'a crachoté son nom. Quand j'ai rassemblé suffisamment de courage pour me présenter à mon tour, elle était déjà repartie dans sa chambre rien que sur une gosse. J'ai entendu tourner le loquet et glisser la chaînette de sûreté, puis le silence est revenu. Mais pas pour longtemps.

La seconde d'après, le salaud remontait des bois, haletant et complètement furax. Il est rentré par la porte de côté tout en continuant de bramer des insanités. Moi, je suis resté debout dans le noir, devant la fenêtre, à guetter le retour de la waitress. Je me donnais encore une minute avant de m'habiller et de partir à sa recherche, mais avec la grâce d'une fée ailée, malgré son cœur qu'on devinait lourd et son ventre qui contenait tout le poids d'une vie, elle a enfin fendu l'opacité glaciale de la nuit.

Clara est sortie de nouveau pour aller à sa rencontre, les pieds fourrés dans ses bottes à moitié lacées, habillée à la va-vite sous son manteau, et les yeux pleins d'amour. Mais Symone a accéléré le pas rageusement, l'air de dire : « Allez, bande de ploucs. On dégage, y a rien à voir. »

Il y a de ces regards de compassion qu'on n'a pas toujours les moyens de supporter.

CLARA

La nuit avait été dure. Mon corps s'était plaint jusqu'aux petites heures. Quand le cœur est en manque, c'est le corps qui ramasse. On aurait dit que le Dilaudid se foutait de ma gueule. Mais surtout il y avait eu cette querelle, entre Bob et Symone, qui les avait fait s'élancer dans une poursuite jusque dans les bois, et qui m'a tout de suite fait craindre le pire. J'ai voulu appeler la police, mais il n'y avait pas de réseau. Et puis de toute manière Symone était aussitôt rentrée, apparemment indemne. Les cheveux tirés sur sa nuque, je l'ai trouvée minuscule comme un rat d'opéra. On aurait dit une brindille. Le souffle m'a manqué.

J'ai regagné mon lit et j'ai pensé à ma fille, Sabine, que je n'ai plus revue depuis un bail. J'ai pris de nouveau mon cell, mais toujours rien. Pas de réseau, pas d'appel, pas de message. Rien. J'ai sorti de mon Birkin le dernier numéro de *Vanity Fair* où elle apparaissait en première page. « *Sabine Dumontier : The Movie Star*

Hollywood Goes Crazy for». Sur la photo, elle portait un corsage Armani sans manches qui laissait voir l'extrême finesse de ses bras. Ses bras qui m'enlaçaient avec tant d'amour lorsqu'elle était enfant, aussi souples et graciles que des tiges de tulipes lourdes de rosée, et sur lesquels elle enfilait mes bangles diamantés qui, lorsqu'elle dansait telle une tzigane, produisaient des cliquetis si délicats qu'on aurait cru entendre des cris d'oiselets attendant la becquée.

Puis je me suis tournée sur le dos, le *Vanity Fair* plaqué contre mon cœur, ce tombeau de toutes mes amours.

À travers le mur, j'ai entendu le voisin de la 11 actionner la chasse d'eau et j'ai sombré dans le sommeil comme on s'enfonce dans des sables mouvants, résigné, épuisé par la lutte, en se disant «advienne que pourra».

RICHARD

Au matin, la place était bondée. Un petit soleil pâle forçait pour chasser les nuages noirs chargés de neige qui survolaient bassement la région en vrombissant comme des Boeing. Avant de prendre la longue route qui traverse le parc de La Vérendrye, un groupe de camionneurs s'empiffraient, histoire de pouvoir faire la run non-stop jusqu'à Rouyn. Symone les servait avec ennui, tirant sans cesse sur le col de son pull pour tenter de cacher les marques violettes apparues sur son cou. À la radio, Renée Martel chantait *J'ai vu maman embrasser le père Noël* tandis que, tout en lançant en direction de Symone des regards assassins, Bob accrochait çà et là des guirlandes de Noël défraîchies qui avaient l'air d'avoir passé l'année dans des cartons humides au fond de la cave.

J'aurais pu m'installer au comptoir pour manger tranquillement en lisant le journal, mais le hasard a voulu que j'aperçoive Clara dans le reflet d'un miroir. Elle était installée sur une banquette au bout de la pièce, un peu poquée de sa nuit trop courte, mais malgré tout aussi noble qu'une altesse royale dans ses vêtements couture. Nos regards se sont croisés. Je l'ai saluée d'un hochement de tête, elle m'a souri en agitant une main timorée ornée d'un caillou géant brillant de toute la nitescence de l'étoile du Nord.

J'ai commandé un café et je suis allé m'asseoir en face d'elle. On n'avait rien à se dire. J'avais envie de m'excuser d'être sorti nu comme un ver la nuit précédente, mais au lieu de ça, ducon, j'ai dit on dirait bien qu'il va neiger. Elle a regardé dehors en replaçant une mèche rebelle dans son chignon à la Bardot, l'air de dire « qu'est-ce que je m'en tape ». Manifestement, elle ne pouvait pas s'en foutre davantage, de la neige à venir. Les tempêtes, elle, elle avait donné.

— Vous revenez d'où ? m'a-t-elle demandé.

— De loin…

— … Et vous allez où ?

— *God knows*, que j'ai répondu. Les options ne se bousculent pas au portillon quand plus personne ne vous attend nulle part.

J'ai dû avoir l'air salement désespéré, car elle a farfouillé dans son sac pour en ressortir un flacon de pilules qu'elle m'a tendu comme on lance une bouée.

— Bienvenue dans le club, qu'elle a dit. Vous en voulez une ?

— Non merci, mais ne vous gênez surtout pas pour moi, que j'ai répondu.

Elle s'est envoyé deux comprimés avec une gorgée de café. Je suis resté coi, tripotant machinalement le menu taché de gras.

Elle a conservé son sourire aussi longtemps qu'elle a pu, puis au bout d'un moment des larmes se sont mises à ruisseler doucement sur ses joues. Le sourire s'est évaporé, et à la place une brume de panique a troublé son visage. J'ai pensé à l'*Âme voilée*, de Livio Scarpella, et à Diabaté, aussi, qui dans un élan poétique a écrit : « Quand une femme pleure, c'est comme si le soleil se voilait la face[1]. » Pour tout dire, je n'aurais jamais cru que la détresse puisse rendre une femme à la fois si belle et si terrifiante. J'avais envie de l'enlacer jusqu'à l'étouffement pour que le spectacle cesse, mais surtout pour tuer en elle ce qui la tuait. La regarder souffrir m'était un supplice.

Ça fait que j'ai détourné la tête sans poser de questions, moins par lâcheté que par respect. Et c'est là que j'ai vu l'étiquette de prix oubliée au bas de la manche de sa veste bordée de vison. Pendant qu'elle s'épongeait les yeux, j'ai tendu la main pour l'arracher d'un coup sec. Et elle a ri. Je ne vous mens pas. Elle a ri. Un grand éclat de vie qui a jeté de la clarté dans la grisaille du Thank God, fermant du coup la gueule à tous ses occupants soudain flabbergastés. Sans blague, les néons en ont shaké. On aurait dit que toute la forêt riait, dehors, ses ombres noires et ses mares gelées, ses arbres défoliés et toutes les dryades timides cachées çà et là à la faveur des bosquets. Même les lièvres pris aux pièges semblaient rire comme des fous. C'est à ce moment que j'ai vu poindre la lumière de Clara pour la première fois, à cet instant précis que j'ai pensé que tout n'était peut-être pas perdu tant que ça, finalement.

Je l'ai suivie dans sa chambre. Elle s'est tout de suite affalée sur le lit tandis que je m'installais confortablement dans le fauteuil à côté. Sa pilule rentrait au poste.

---

1. Massa Makan Diabaté, *Le coiffeur de Kouta*, Hatier, 1980.

— Vous devez bien avoir un nom…

Elle dormait déjà lorsque j'ai répondu.

CLARA

Quand je me suis réveillée, la neige tombait à plein ciel et le camionneur roupillait dans le fauteuil de cuirette, les bras croisés sur sa poitrine. J'ai fouillé dans son porte-monnaie qu'il avait déposé sur la table, question de savoir son nom. J'ai allumé le téléviseur en sourdine et je suis restée là, calée dans les oreillers, en me disant : «Non, mais ma pauvre fille, dans quel bourbier es-tu en train de te foutre?»

Puis on a frappé à la porte. Symone est entrée avec une pile de serviettes propres et une ampoule neuve pour la lampe de chevet. Elle se tenait sur le seuil dans son anorak trop petit, légèrement penchée en avant, le visage crispé, la lèvre fendue et une dent ébréchée. Elle faisait des efforts pour sourire, pour nous faire croire qu'il n'y avait rien à signaler, mais c'était peine perdue. D'ailleurs, ça l'est toujours. Quoi qu'on fasse, les jupons de la violence et de la honte de la subir finissent toujours par dépasser du manteau des apparences.

Richard s'est réveillé. Il a tout de suite offert son siège à Symone qui ne l'a pas refusé.

Je lui ai apporté un verre d'eau et un linge humide pour nettoyer sa plaie.

— T'en as pas marre, Symone?

Visiblement, elle avait envie de répondre «de quoi je me mêle», mais non. Elle a plutôt tourné sa langue sept fois dans sa bouche et elle a dit:

— Marre de quoi?

— Ben, des baffes, de ta vie.

Elle a souri.

— Faut pas vous en faire. Ça semble pire que c'est.

— Tu me prends pour une idiote, ou quoi? Tu es jeune, c'est pas comme moi. Tu as toute la vie devant toi. T'as pas envie de foutre le camp d'ici?

Elle s'est esclaffée.

— Vous en avez de bonnes, vous, madame la baronne. Foutre le camp, foutre le camp. Et pour aller où, hein?

À ce moment, le gros Bob est passé devant la porte entrebâillée en trimballant sur son dos un sac d'ordures qui empestait jusque dans la chambre. Avec sa barbe toute garnie de neige et ses joues rouges d'ivrogne, on aurait dit un père Noël crado en route pour sa distribution de cadeaux pourris.

— On a besoin de toi à la cuisine, qu'il a dit en regardant Symone dans le style «si tu parles, je t'en fous une».

Elle a ramassé son gros ventre et ses reins endoloris, ses écorchures, ses meurtrissures et un tas de serviettes sales, et elle est sortie en nous faisant un petit signe de la main affronter les bourrasques avant d'avoir à essuyer la prochaine raclée. Puis elle est brièvement revenue sur ses pas.

— C'est de ma faute, aussi. Je n'ai jamais su comment m'y prendre avec Bob, comment m'y prendre avec rien, d'ailleurs. Mettons que j'ai le don de peser sur le mauvais piton.

Chapitre deux

RICHARD

Dans un coin, Bob enchaînait les Bud en rotant. Au
son des chants de Noël qui tournaient en boucle sur
le lecteur CD posé sur une tablette derrière la caisse
– Dolly Parton, Shania Twain, Willie Lamothe et
toute la confrérie country –, Symone nous avait servi
son spécial des fêtes. Un délice. Un méli-mélo de
classiques festifs agrémentés de sauce à la canneberge
et de ketchup aux fruits qui avaient un petit goût de
revenez-y. Un mariage de saveurs finement exécuté
où se mêlaient clou de girofle, cannelle, anis étoilé et
muscade, le tout s'étirant sans fin sur le palais, même
après le café. Comme quoi il est toujours possible,
pour une petite waitress de greasy spoon, de vous
sortir un lapin de son chapeau.

Parmi la réserve d'achats qu'elle avait entassés dans le
placard, Clara avait choisi de porter, ce soir-là, une

robe du grand DUY, tout en dentelle noire et dorée, qu'elle avait sortie de sa housse avec précaution, et dont j'avais dû attacher, en sacrant comme un char-retier, la longue suite de minuscules boutons qui partaient du bas de ses reins jusqu'à sa nuque.

— Tu ne trouves pas que c'est un peu too much pour un truck stop?

Clara avait fait mine de ne pas m'entendre. Elle s'était approchée du miroir pour appliquer une dernière couche de brillant sur ses lèvres, puis en s'éloignant de la glace, elle s'était adressée à moi sans me regarder, avec un calme frôlant l'insolence qui donnait dans le fuck you distingué.

— Écoute-moi bien, toi mon beau routier. Depuis le temps que je ne me sens pas assez belle, pas assez mince, pas assez jeune, pas assez sexy, pas assez intelli-gente, peut-on s'entendre pour dire qu'un peu de too much, ça ne me fera pas de tort? Ça fait que please.

*

Clara trônait sur la banquette au beau milieu du Thank God qui n'avait sans doute jamais accueilli en ses murs pareil enchantement. En la voyant entrer, le gros Bob s'était étouffé solide avec sa bière: «Coudonc, elle se prend-tu pour Céline Dion?» La belle Symone, elle, avait été si époustouflée qu'elle en avait échappé un juron de bûcheron en même temps que son petit calepin. Les deux poings sur les hanches, elle avait ensuite observé d'un œil réprobateur l'ensemble de mon accoutrement qui consistait en un jeans pas mal défraîchi et un pull de chez L'Équipeur.

— Tu me diras que ça ne me regarde pas, qu'elle m'avait susurré en passant derrière moi, mais il me semble que t'aurais pu te forcer un peu!

Clara n'arrêtait pas de checker son cellulaire. Voyant que l'écran n'affichait toujours rien, elle s'est finalement tournée vers moi, l'air de celle qui en a assez de niaiser et qui décide de passer aux choses sérieuses.

— T'as des enfants, toi?

Misère. Et moi qui en avais jusque-là de cette maudite question et de toutes les autres, d'ailleurs. Celles que vous posent les gens, prétendument pour faire connaissance, mais qui au final ne font souvent que vous forcer à exposer vos ravages intérieurs. *T'as une femme? Une famille? T'as du fric?* En tout cas. Ça. Ce genre d'interrogatoire dont vous ressortez presque toujours meurtri vu qu'il se trouve toujours quelqu'un pour vous juger. Mais je suis bon joueur, j'aime laisser la chance au coureur. Alors pour me donner du guts, j'ai avalé ce qu'il restait de piquette dans mon verre, j'ai pris une longue inspiration et j'ai plongé au fond de moi, dans cette douloureuse béance ayant échappé au balayage du temps.

— J'ai eu un fils, que j'ai fini par répondre alors que le vin cheap me brûlait l'œsophage. Il est mort il y a dix ans. Il venait d'avoir quinze ans.

Clara s'est mordu la lèvre. On aurait dit que ma réponse avait terni d'un coup la dorure de sa dentelle. Je voyais qu'elle regrettait d'avoir posé la question, qu'elle se rendait bien compte de ce qu'il m'en avait coûté d'y répondre. Au bord des larmes, elle a dit :

— Allez viens, on se casse.

En sortant, elle a subrepticement laissé tomber un comprimé de Dilaudid dans la bière de Bob qui regardait ailleurs. La nuit serait enfin calme pour Symone. Puis nous avons repris le chemin de la chambre sous une petite neige fine.

Aussitôt la porte fermée, je ne sais pas ce qui m'a pris, mais je me suis foutu complètement nu, à nu, même, puis doucement j'ai tiré Clara vers moi. J'ai refait à l'envers le chemin de ces petits crisses de boutons jusqu'à ce que sa robe aérienne, glissant sans bruit sur la moquette usée, laisse voir son corps à la fois mûr et frais telle une pêche tombée de l'arbre. De la même manière que l'on caresse un chat, j'ai touché ses épaules ployant comme des branches de saule pleureur sous le fardeau sans cesse renouvelé des déceptions de sa vie. Sisyphe fait femme. À mesure que mes mains pétrissaient tendrement sa chair fatiguée d'espérer, ses effluves s'élevaient jusqu'à moi comme l'enivrant pétrichor monte de la terre desséchée lorsqu'enfin la pluie l'abreuve.

Nous nous sommes allongés l'un contre l'autre sous l'édredon, immobiles, histoire de ne pas effaroucher la perfection du moment. Cet instant si rare où la brûlance des corps s'apprête à rencontrer les braises tapies au fond de deux cœurs consumés. Ma poitrine tout contre le dos délicat de Clara, et ma main déposée sur son flanc, c'est ainsi que j'ai tout déballé. Qu'au creux de son oreille, j'ai murmuré les circonstances de la mort de Nicolas. Et tout l'enfer qui est venu avec, forcément, comme une trâlée de casseroles.

*

À cette époque, Cynthia picolait déjà solide. Le verre de rouge du samedi soir pour accompagner le rôti avait graduellement fait place à des drinks quotidiens, parfois d'aussi bonne heure qu'au saut du lit. Toutes les raisons se valaient pour trinquer. Les bonnes nouvelles autant que les mauvaises. La joie, le chagrin, la colère et l'apitoiement, *name it*, tout ça s'entremêlait dans les vapeurs de Chivas qui flottaient en permanence dans notre domicile comme un brouillard londonien.

Je trouvais des flacons partout. Dans le garage derrière les bacs de récup, sous l'évier de la cuisine, dans ses affaires de gym et sous les banquettes de son Jeep.

De pompette rigolote et sympathique qu'elle était autrefois, lorsque sa consommation d'alcool ne faisait que rehausser sa pétulance naturelle, Cynthia avait fini par devenir le genre d'ivrognesse que l'on voit dans les films. La troublemaker de service, celle dont la bouche ne s'ouvre que pour émettre des vacheries immondes qui jettent les convives en bas de leur chaise, quand ce n'est pas des éructations qui finissent en flaque de vomi sur le parquet. La buveuse sociale, comme on dit, s'était rangée dans le camp des soiffardes asociales que tout le monde cherche à fuir.

De sacrément jolie, Cynthia s'était transformée en une sorte de poisson-lune au visage boursouflé et au regard perpétuellement hébété. Toujours en quête de sensations fortes, elle se montrait avide de jeux sexuels violents auxquels je ne pouvais accepter de me prêter, malgré ses supplications aux arguments insensés. Ces baises de malades, qu'elle avait trouvé à partager avec d'autres, laissaient sur son corps des traces de plus en plus effroyables que je ne pouvais m'empêcher de remarquer lorsque le soir, vacillant et divaguant, elle se dévêtait avant de choir sur notre lit. Enfin, bien sûr, quand elle daignait rentrer.

En buvant à ce rythme, Cynthia ne procédait à rien d'autre qu'un suicide. Une mort lente, comme le supplice de la goutte, mais assurée. Ses beuveries lui ôtaient toute trace de vie, de lucidité et de dignité.

Parfois, je surprenais dans son regard une sorte de frayeur. Sans doute celle d'ignorer ce qu'il était advenu de la femme qu'elle avait jadis été, avant que son sang ne se change en robine, emportant dans la foulée, comme une coulée de boue, toute son humanité. C'était triste à voir.

Moi, je tentais d'assurer le relais auprès de Nicolas. Avec l'aide de ma mère qui nous approvisionnait en cigares au chou, pains-sandwichs, soupe aux légumes et autres boîtes à lunch, je faisais le maximum pour que la vie reste à peu près normale. Entre deux allers-retours aux States – il faut bien gagner sa vie –, j'assistais aux remises de bulletin, aux rencontres avec les enseignants, aux parties de soccer. Chaque fois que je le pouvais, je continuais de retirer des mains de Cynthia le verre qui risquait de tout foutre en l'air. Je faisais disparaître les bouteilles au fur et à mesure que je les découvrais, idem pour les pétards et les comprimés d'ecstasy – une nouveauté – échappés de son sac. Autant de coups d'épée dans l'eau puisque d'autres apparaissaient aussitôt et finissaient par l'envoyer crasher sur le canapé, inconsciente et souvent à moitié nue, pas gênée pantoute du misérable spectacle qu'elle offrait. Notre fils, abattu par la honte, n'osait plus inviter de copains à la maison depuis déjà une mèche.

Puis l'inévitable se produisit. Cynthia fut jugée coupable d'avoir causé un accident de la route, qui heureusement ne fit pas de blessés graves. Vu l'état profondément altéré dans lequel elle se trouvait, le juge lui retira son permis de conduire et l'obligea à entrer en cure fermée. Nous crûmes tous qu'elle pognait enfin son Waterloo. Ce furent de longs mois en montagnes russes, à l'issue desquels Cynthia, suspendue au Valium, à l'Antabuse et aux séances de thérapie, sembla être enfin redevenue elle-même. *Rétablie*, pour utiliser le lexique des spécialistes de l'addiction. Si bien que Nicolas et moi pensions que les beaux jours étaient revenus pour de bon.

Une fois Cynthia à la maison, nous passâmes nos dimanches à échafauder des plans de vacances dans le Sud en prévision de la relâche scolaire. Tantôt les Bahamas, tantôt Cuba, anywhere, que je me disais, pourvu que je puisse voir renaître de ses cendres notre famille, panser nos blessures et rattraper le temps perdu.

Finalement nous avions opté pour un tout-compris en Jamaïque, bien trop cher pour nos moyens. *So what.* J'avais acheté les billets et de nouveaux maillots au centre commercial voisin, pour nous mettre dans le mood et fueler notre joie anticipée. Nous écoutions Bob Marley ou Peter Tosh en nous déhanchant autour de l'îlot de la cuisine. Franchement, c'était la fête. Notre cercle d'amis se reformait petit à petit. Ceux qui avaient déguerpi devant la furie de ma femme semblaient prêts à nous accueillir de nouveau dans le giron de leurs bons sentiments. En dehors de quelques coups de cafard, Cynthia se montrait joyeuse et sereine, maternelle et aimante. Je me disais que la vallée des ténèbres était derrière nous.

Quel con.

Un soir, un type m'a téléphoné pour me proposer de faire la route de glace jusqu'à la mine de diamants Ekati. Ce qui signifiait huit semaines d'absence et beaucoup de cash à la clé. De quoi payer en masse les vacances de mars en plus de quelques dettes. J'ai jonglé jour et nuit, et j'ai tout soupesé. Le pour et le contre. Le contre, surtout. Comme le risque de laisser Cynthia à elle-même et à ses douze étapes pour assurer le statu quo. Mais on connaît les femmes… Bien sûr, elle s'en est mêlée, m'encourageant à enfin réaliser ce qu'elle appelait *the dream of your life*. Et puisque Nicolas en rajoutait une couche à grands coups de tapes dans le dos, je me suis dit coudonc… J'ai rappelé le gars. «OK, mec, *ice road, here I come.*»

Le 18 janvier je paquetais mes petits, j'embrassais Cynthia la gorge un peu tight, je serrais contre moi mon beau Nicolas et, peux-tu croire, crisse, je levais les feutres.

*

J'avais largué ma cargaison de matériel à la mine Ekati, la première des vingt livraisons prévues. Après avoir passé la nuit au camp Lockhart situé à mi-chemin sur la route de glace, j'étais de retour au centre de répartition, d'où j'allais repartir de nouveau vers la mine, le camion rechargé. L'aller-retour à basse vitesse avait été long. Le paysage à la fois splendide et monotone ne s'animait, à partir du 63e parallèle, que de quelques carcajous, des loups blancs si on était chanceux et des caribous éclairés par des aurores boréales hallucinantes de beauté dans leurs robes orangées et vertes, plus chatoyantes que de la soie moirée.

J'étais là, tranquillos, à discuter avec d'autres gars quand la sonnerie de mon téléphone a retenti. C'était Nicolas. J'ai tout de suite senti que quelque chose n'allait pas. À bout de souffle, haletant et gémissant, il paraissait délirer. J'ai crié : « Va me chercher ta mère ! » Mais il est resté au bout du fil en émettant des sons de plus en plus faibles, en proie à ce que je devinais être une douleur insupportable. Pris de panique, j'ai raccroché et j'ai composé le numéro de Cynthia. Rien. Puis j'ai appelé les secours qui, d'après ce qu'on m'a rapporté bien plus tard, ont débarqué sur les lieux dans les minutes qui ont suivi.

Le camion à moitié chargé, j'ai détalé en direction de Yellowknife comme si j'avais Belzébuth à mes trousses. Derrière moi, les autres camionneurs, ahuris, regardaient les matériaux destinés à la mine qui tombaient un à un de la plateforme de ma remorque. J'ai filé le pied accoté sur la route étroite et sinueuse, tout en essayant de joindre tour à tour Nicolas et Cynthia. Puis j'ai finalement pris la bretelle du pont de Deh Cho, qui enjambe la Mackenzie. Dans le tournant j'ai chiré d'aplomb, et mon camion s'est enroulé autour d'un pilier, comme dans un film de Bruce Willis. On m'a dit que les pompiers avaient mis plus de deux heures à me sortir de là.

Un traumatisme crânien, des hémorragies internes à n'en plus finir, un poumon perforé, cinq chirurgies, des fractures multiples et les cervicales en bouillie, reconstruites en titane. Bref, un coma de quatre mois et tout autant pour la réadaptation. Quand j'ai finalement rouvert les yeux, il y avait des feuilles aux arbres, et la mort de Nicolas était déjà de l'histoire ancienne, façon de parler. Il en avait coulé, de l'eau sous ce maudit pont là. Le chagrin avait emporté ma vieille mère, Cynthia avait pris six ans pour négligence criminelle ayant causé la mort, et mon fils avait été enterré au cimetière tout seul comme un grand. Je n'avais pas même un dé à coudre de cendres pour brailler dedans. Ses boucles blondes, ses rousselures, son sourire ravageur, sa façon de dire Dad en coinçant sa langue entre ses dents, son rire cristallin et ses yeux fabuleux, toutes ces merveilles étaient disparues à jamais sous quelques pelletées de terre pendant qu'on essayait de me ramener à la vie.

Tout ça en raison d'une banale appendicite virée en choc septique faute de soins, un calvaire pour

Nicolas, un véritable martyre qui, selon les médecins, s'était sans aucun doute étendu sur au moins trois jours. Soixante-douze heures pendant lesquelles Cynthia, qui avait repris le lead du championnat des soûlonnes, était restée avachie dans son fauteuil en alternant pétards et Chivas, et en se disant, remplie d'un optimisme éthylique, que *ça*, ce qui était en fait l'agonie de son fils, ça finirait bien par partir comme c'était venu. Comme un bouton sur une fesse.

CLARA

Au bout de son récit, Richard s'est tu. Dehors, on n'entendait que le bruit du chasse-neige. Contre mon dos, je pouvais sentir son grand corps vibrer et son souffle s'accélérer. Ça ne prenait pas la tête à Papineau pour comprendre qu'il atteignait son point de rupture. Puis il s'est assis sur le bord du lit, au bord du vide, suffoquant. Il a enfoui son beau visage entre ses deux grandes mains pour retenir encore un peu la débâcle de son désespoir. Des mots mouillés de larmes sortaient de sa bouche en une sorte de râle animal. «Qu'est-ce que j'avais d'affaire à partir, aussi? Qu'est-ce qui a bien pu me prendre de sacrer mon camp», répétait-il inlassablement, empli qu'il était de remords, de haine et de dégoût pour lui-même. «À quoi bon revenir à la vie si c'est pour être aussitôt frappé par la mort comme par un coup de pelle en pleine face?»

Alors je me suis levée et j'ai fait le tour du lit. Je me suis assise à cheval sur lui, j'ai baisé ses paupières et son front avec toute la tendresse du monde, et j'ai offert à son visage rugueux de barbe le refuge de mes seins flasques et chauds sur lesquels il s'est jeté avec fureur, pour tenter peut-être d'en extraire au plus vite une sorte de lait d'amnésie, ou encore une quelconque potion capable d'éteindre les feux de sa géhenne. Puis j'ai collé contre son corps zébré de cicatrices la douceur moelleuse de mon ventre où serpentent les longs vestiges pâles et nacrés de ma grossesse. Je l'ai bercé comme on berce un enfant, jusqu'à ce qu'il cesse de pleurer et que nous retournions nous blottir l'un contre l'autre sous les couvertures, épuisés et frissonnants.

Machinalement, j'ai saisi mon flacon de Dilaudid, mais je l'ai aussitôt balancé dans mon sac où il a atterri bruyamment. Mes douleurs habituelles rôdaient dans la chambre, tels des spectres menaçants; il me semblait même entendre le bruissement de leurs déplacements. Mais étrangement, cette nuit-là, pour la première fois depuis des lunes, aucune d'entre elles n'a osé poser sur moi la pointe de ses griffes acérées.

*

Au matin du 12 décembre, une longue suite de sacres presque joliment enfilés l'un derrière l'autre telles des perles sur un fil de soie nous a tirés du sommeil.

— Tabarnac-d'estie-de-câlisse-de-cibouère-de-viarge-de-saint-sacrament-d'étole-de-p'tit-Jésus-de-plâtre !

Par la fenêtre, on regardait le gros Bob, les baguettes en l'air, s'époumoner devant la shed où pour la troisième fois en autant de jours, tout le contenu de ses sacs d'ordures se trouvait répandu par terre jusque dans le parking. Pas vraiment le pactole pour un regrattier à la recherche d'une bonne affaire : pelures de patates, os de poulets, trognons de pommes, marc de café, épluchures de carottes, œufs pourris et pain moisi exhalaient leur odeur pestilentielle.

— Encore ce maudit cerf là qui vient rire de nous autres !

Sur les entrefaites, Symone a accouru dans sa robe de chambre à moitié fermée, la rondeur de son ventre dépassant de son t-shirt Harry Potter, et les pieds nus dans ses bottines bon marché. Sans attendre, elle a entrepris de rapailler les détritus éparpillés aux quatre coins de la cour, formant un petit tas ridicule que le vent balayait au fur et à mesure.

— Si tu les mettais dans la benne au bout du terrain, aussi, tes sacs, ça n'arriverait pas, maugréait-elle. Pis si t'attendais pas qu'ils sentent le mort pour les sortir non plus. Les cerfs, eux autres, ils seraient moins tentés de venir se bourrer la face dedans…

Bob fulminait.

— Heille. C'est quand même pas toi, la pea brain, qui va venir me dire quoi faire. Mets-toi dans la tête que c'est certainement pas un cerf, de Virginie, de Chantal, de Sonia, ou de qui tu voudras, qui va venir faire la loi au Thank God, je t'en passe un papier.

Symone faisait la sourde oreille et continuait de courir comme une poule pas de tête derrière les emballages de viande tournoyant dans la brise polaire.

— Retourne en dedans!!! lui cria le gros Bob. Retourne en dedans, câlisse, avant que la main me parte toute seule. Joue pas avec les poignées de ton cercueil, Symone, je t'avertis…

Symone a fait pffff en dressant son majeur en direction de Bob. « *Vaffanculo, stronzo!*» Puis elle a repris le chemin de sa chambre à reculons, question de ne pas pousser sa luck, au cas où Bob mettrait ses menaces à exécution.

Richard est sorti chercher une boîte de sacs Glad au resto, puis ensemble, Bob et lui, ils ont foutu dedans jusqu'à la moindre cochonnerie qu'il restait. Y compris les petites mottes de caviar de crottes gelées laissées ici et là par le cerf vandale. Ensuite, Richard est allé balancer le tout dans la benne, à l'autre bout, pendant que Bob, appuyé contre la shed, continuait d'invoquer tous les saints du ciel en soufflant comme un bœuf.

RICHARD

Nous étions allongés devant la télé qui diffusait ses films de Noël. On regardait *It's a Wonderful Life* collés l'un contre l'autre. Dans l'après-midi, Symone nous avait préparé un club sandwich qu'elle était venue nous livrer en vitesse avec deux bières, et qu'on avait mangé en essayant de limiter les dégâts. En vain. Malgré toutes nos précautions, une belle garnotte de miettes de pain et de bacon parsemait les draps et nous collait au cul.

En silence, je tripotais les bagues sur l'annulaire gauche de Clara. Une roche de pas moins de douze ou treize carats, assortie d'une alliance en or blanc. Je ne savais pas trop quoi penser. Nos regards se sont croisés.

— Tu veux savoir si j'ai un mari? C'est ça?

— …

— Ça dépend de ce que tu entends par mari, Richard. Disons que j'ai un contrat de mariage. Nuance.

— Et est-ce trop te demander que de me raconter ce que tu fais ici, au fucking Thank God, depuis quatre jours?

— Je prends des vacances. J'ai pas le droit?

— Des vacances de quoi?

— Ben, de tout. De ma solitude, pour commencer. Du mépris, du manque d'amour, de l'indifférence d'un homme aux poches pleines mais au cœur frette et blanc comme un lavabo, pour citer Charlebois. Je prends off de ce type-là, impavide et toujours absent, même quand il est là. Cet homme pour qui la cruauté est aussi naturelle que de respirer. Des vacances de ma vie de merde, en somme. De ma maternité avortée sur le tard, surtout, sans que j'aie jamais trop compris pourquoi.

— De quoi tu parles?

— Oh, je te raconterai… C'est compliqué. En tout cas voilà, grosso modo c'est à peu près ça. J'ai fugué, ça ne me gêne pas de te le dire. Je suis en cavale. Dans ma tête et dans mon cœur, je me pousse, je me pousse, Richard, si tu savais comme je me pousse! Pis j'en profite pour prendre l'air en masse. Ça change le mal de place.

— Pour une baronne, comme dirait Symone, on ne peut pas t'accuser d'être fussy! Shit! Le Thank God!

Penses-y donc ! Le pire trou sur la liste des truck stops. On dirait que le diable est dans les murs !! Tellement qu'il y a même des gars qui entrent ici en brandissant un crucifix, de l'ail plein les poches. Ça te donne une idée. Me semble que t'aurais pu trouver mieux.

Clara a pris une grande inspiration avant de se lancer.

— Premièrement, j'ai pas choisi. Je me suis échouée ici, plus une seule goutte de carburant dans le réservoir, dans tous les sens du terme. C'est pas pareil. Deuxièmement, à chacun son luxe. Comme là, en ce moment, le mien c'est d'être au lit avec toi et de manger un club sandwich tout en me roulant dans les miettes. C'est la chaleur de tes grandes mains sur moi, enduites d'huile de frites, la douceur de ton regard rempli de bienveillance. Mes douleurs qui font la grève depuis deux jours. Depuis que tes digues ont lâché, en fait, et que tu m'as laissée nager dans les remous de ta souffrance. Sais-tu que ça fait des siècles qu'on ne m'a pas regardée comme tu le fais ? Mon luxe à moi, c'est d'avoir croisé ta route et de pouvoir reposer mon cœur dans le tien le temps que ça durera, et te réconforter au creux du mien tant que ça te plaira…

— Et ton mari ?

— Come on, Richard. Tu devrais savoir qu'un contrat de mariage, c'est comme les millions. C'est pas ça qui te tient au chaud quand t'en as besoin. Pis c'est pas ça non plus qui te comble d'amour quand t'as rien qu'envie de chialer et que tu te sens aussi vide qu'une coquille. Tout le monde sait bien qu'un homme sans cœur, c'est comme une flashlight sans batteries. Y a rien à faire avec ça.

Elle a fini sa phrase en ravalant ses larmes de peine et de misère.

Qu'est-ce qu'un gars pouvait bien répondre à ça.

Alors Clara a retiré son alliance et sa bague. Puis elle s'est couchée sur le dos en repoussant sa tristesse d'un mouvement de la main, un peu comme on chasse une mouche. En riant, elle a laissé couler un filet de bière au creux de son nombril. Un petit lac de rien du tout que je me suis empressé de laper goulûment pendant que, pour la toute première fois depuis la mort de mon fils, je me suis mis à bander, piano, piano, peut-être, mais quand même.

À la télé, le film continuait de jouer.

— *I'll give you the moon*, a dit George, juste au moment où Clara m'accueillait dans sa moiteur pulsatile.

— *I'll take it*, a répondu Mary, en noir et blanc.

Chapitre trois

SYMONE

Ça ne prenait pas une boule de cristal pour savoir ce que Bob mijotait. Il aurait été étonnant qu'il ne réserve pas un chien de sa chienne au pauvre cerf qui avait osé foutre le bordel dans ses rebuts. Ne restait qu'à savoir quand. Que voulez-vous que je vous dise. Peut-on vraiment s'attendre à plus intelligent de la part d'un homme qui parle à sa bite en l'appelant Rambo?

C'est à ça que je réfléchissais vers minuit, quand on a mis la clé dans la porte du Thank God et qu'on est rentrés à la chambre, moi au pas de course vu le froid de canard, et Bob à la traîne étant donné le nombre de Bud au compteur. Bob l'éponge. D'ailleurs, depuis quelques jours, on aurait dit que la bière le cuitait plus que d'habitude. En fin de soirée, pendant que je partais une lessive de draps et de serviettes, que je faisais la caisse, que je vadrouillais les planchers, lavais les tables et ce qu'il restait de vaisselle sale, il s'endormait la tête posée sur le comptoir en ronflant, les bras ballants de chaque côté de son corps tels deux gros jambons de Bayonne. Une épave. Une fois à peu près sorti des limbes, il revenait à la chambre presque sur les genoux, avec un œil qui jouait au billard pendant que l'autre comptait les points.

— Je sais pas ce qu'il y a dans cette bière-là, qu'il disait, songeur, mais on dirait qu'elle descend plus raide que d'habitude. Comme si elle avait un p'tit quelque chose de plus, mettons. Sans blague. Le soir, je n'ai pas fini ma première bouteille que déjà je ne sens plus mes jambes pis que je me crisse de toute. Même de toi, qu'il avait rajouté en levant les yeux vers moi pour juger fièrement de son effet.

Bob qui se crissait de moi. Franchement, je n'allais quand même pas m'en plaindre. Lui qui d'ordinaire trouvait toujours une raison de me foutre une baffe pour couronner ses soirées en beauté, voilà qu'il ne trouvait même plus l'énergie de viser dans le mille en pissant, ni celle de se dévêtir avant de s'écrouler dans le lit, une fuite de bave au coin de la bouche.

Je regardais Bob dormir comme une souche, quasiment touchant de vulnérabilité. Enfermée dans mon catch-22, je pensais à mon plan B. Je me disais que, n'eût été la peur de louper mon coup, voilà qui aurait constitué le moment parfait pour en finir une fois pour toutes avec le règne de la terreur. Un coup de marteau entre les deux yeux, paf, avouez que ça peut neutraliser son homme sur un temps riche et pour toujours. C'était peut-être ce que ça prenait pour pouvoir enfin passer à un autre appel. Mais non. Mon cerveau revenait très vite au plan A, celui du statu quo. Pour mon bébé, d'abord, qui avait bien le droit de flotter dans autre chose qu'un bouillon de fantasmes meurtriers, et qui ne méritait surtout pas de naître d'une mère assassine au pénitencier de Joliette. Et aussi un peu pour moi, pauvre bécasse, qui n'ai jamais demandé qu'à croire aux miracles et à la rédemption, même quand toutes les flèches pointent vers la catastrophe. Alors pour me donner la force de tenir, je me disais que si la chance était de mon côté pour une fois dans ma vie, peut-être bien que le goût de cogner sa femme, ça déclinait avec l'âge, comme tout le reste. Et qu'il me suffirait alors simplement d'être patiente.

Encore un peu.

*

Le matin du 14 décembre, à l'aurore, Bob s'est extirpé du lit. Nimbé des restes de vapeurs de bière et encore tout habillé de la veille, il est allé déposer ses foutus sacs d'ordures devant la shed, afin d'attirer l'ennemi. Après quoi il a titubé jusque dans les marches extérieures menant à la cave pour y attendre sa proie, carabine à la main.

J'ai enfilé mon manteau, ma tuque et mes bottes, et je suis sortie derrière lui dès que j'ai compris ce qui se tramait.

— Laisse donc faire ça, que je lui disais, en sautant d'un pied sur l'autre. Rentre donc, tu vois bien qu'il fait trop froid pour rester dehors. LES COUILLES VONT TE GELER!!!!

Mais niet.

J'avais beau me faire mielleuse, chercher à l'amadouer, à l'adoucir, à diluer sa colère dans ce qu'il pouvait lui rester d'entendement, rien n'y faisait. Bob boquait.

J'ai lâché prise quand il a craché par terre, ce qui était pour lui une manière de s'annoncer. Un genre de prélude au pétage de câble, si on veut. À force, une fille finit par voir ça venir. Puis il a collé son œil au viseur sans broncher, et il a attendu, engoncé dans sa graisse, que vienne enfin le moment de sa vendetta.

Finalement une biche est sortie des bois, calme et souveraine. Même à cette distance on pouvait deviner les contours de sa silhouette fine et gracieuse dans la faible lueur du lever du jour. Une reine de beauté. Sans se méfier, elle s'est approchée des sacs qu'elle a reniflés comme on hume un fumet délicat, tout en fouettant de sa petite queue l'air sibérien qui nous tombait dessus.

C'est à ce moment précis que j'ai vu son faon la rejoindre, par la gauche. Il avançait en inclinant le cou, prêt à boire une rasade de lait aux lourdes mamelles de sa mère. Mais pour Bob, pas question de faire marche arrière pour autant. Retenant son souffle, il a posé son doigt sur la détente juste à l'instant où, dans un élan protecteur, je me précipitais sans réfléchir vers la biche et son petit pour les faire fuir.

Le coup est parti très vite, métallique et assourdissant, pour se perdre ensuite en écho au-dessus de la cime des arbres, unissant ainsi toute la faune affolée en un chœur de feulements.

On aurait dit que je tombais, tombais, tombais sans pouvoir m'arrêter tandis que le pauvre faon, tout frémissant d'effroi, se couchait contre sa mère, tombée elle aussi à la renverse, et qu'une nuée de corbeaux s'élevait de la forêt dans des cris d'épouvante.

CLARA

Sans doute alertée par un voisin, la police a fini par débarquer. L'autopatrouille s'est immobilisée devant le resto et l'agent Pouliot, un homme aux dents jaunes, à l'œil torve et au nez criblé de comédons, la cinquantaine pas plus fraîche qu'il faut, quoi, en est descendu sans se presser. Après mûre réflexion et une brève vérification de l'état des lieux, il n'a pas jugé utile de rédiger de rapport. On a déjà vu plus zélé. En l'absence de témoins, a-t-il dit, il concluait à un banal accident. Il faut dire que Richard, qui était sorti à toute vitesse en entendant la détonation, n'avait pas vu grand-chose de ce qui s'était produit. Ce n'est qu'une fois arrivé devant la shed qu'il avait aperçu Symone ensanglantée tout près de la biche gisant au sol, sans vie, son petit tout racotillé contre elle. Quant à Bob, il affirmait s'être tranquillement rendormi dans l'escalier après le tir, heureux d'en avoir fini avec cette satanée bête. À qui voulait l'entendre, il jurait n'avoir jamais eu le temps de voir Symone s'élancer vers la mère et son faon. Cause toujours, mon lapin.

Lorsque je suis intervenue et que j'ai fait remarquer, outrée, que Symone aurait bien pu perdre la vie dans cette histoire insensée, le policier s'est contenté de changer son cure-dent de bord avant de tenter d'étouffer ma grogne.

— Vous pensez bien que ce n'est pas le premier incident du genre à survenir dans la région. Ici, tout le monde est armé. Ça fait que... Bon, oui, la petite a une scratch. Personne ne peut prétendre le contraire. C'est bien dommage, mais si vous voulez savoir ce que j'en pense, je me dis que rien de tout ça ne serait arrivé si elle était restée dans son coin. À sa place. Après tout, un homme a bien le droit de protéger ses vidanges.

Bob opinait du bonnet.

— Pis d'ailleurs, poursuivit Pouliot, soudain méfiant, qu'est-ce qui me prouve qu'elle ne l'avait pas avant, son écorchure ?

Devant mon air incrédule, il a haussé les épaules avant de clore la discussion.

— Entécas. On ne fera pas une tempête dans un verre d'eau avec ça. On ne montera quand même pas aux barricades pour un bobo, hein, mon Bob ? Ta Symone, elle va être top shape pour te faire des crêpes pis servir tes clients. Tu peux dormir sur tes deux oreilles.

Bob a tourné des yeux de lance-flammes vers Symone dans une sorte d'exaspération traduisant tout son mépris pour elle. Puis avec Pouliot, il a pris le chemin du resto en renfonçant sa casquette.

— Bon, que j'ai marmonné en direction de l'agent. *Fuck you very much* d'être venu.

— Y a pas de quoi, a-t-il répliqué machinalement.

Ce qui a fait glousser Symone dans sa mitaine et moi dans la mienne.

— Déguédine ! a lancé Bob à Symone sans même prendre la peine de se retourner. Imagine-toi donc qu'on a pas que ça à faire, te mettre des Band-Aid, on a une cuisine à faire rouler, icitte, au cas où tu l'aurais oublié.

Comme si de rien n'était, Pouliot et lui sont ensuite allés boire un café ensemble au comptoir pendant que j'envoyais Richard au village, chercher de quoi soigner Symone qui l'avait vraiment échappé belle. Elle s'en sortait quasiment indemne et son bébé aussi. Du moins jusqu'à la prochaine fois.

Une fois tout le monde parti, Symone et moi avons marché en silence jusqu'à la shed, afin de ramener discrètement le faon jusqu'à ma chambre. Alors qu'on l'installait dans un amas de couvertures, on a constaté avec ravissement qu'il s'agissait d'une femelle. Symone s'est empressée d'aller chercher deux ou trois biberons dans son trousseau de maternité. Puis en attendant qu'on puisse s'approvisionner en lait de chèvre chez Patrick, un éleveur habitant tout près, elle a rempli les bouteilles à même les mamelles pleines de la biche abattue.

— T'as l'air fin, là, hein? Orpheline. Qu'est-ce que tu veux que je te dise, c'est ce qui arrive aux filles dont la mère cherche le trouble, a dit Symone à la bichette tandis qu'elle tétait avidement le lait encore chaud. Les poubelles, c'est joli, mais c'est pas toujours ce qu'il y a de plus payant. Souviens-toi de ça. De toute façon, faut pas trop t'en faire. Tatie Clara et moi, on va bien s'occuper de toi.

Appuyée à la fenêtre en train de guetter le retour de Richard, j'avais sursauté en entendant ça.

— Tatie Clara ?

— Ben oui, tatie Clara, a réaffirmé Symone, comme s'il s'agissait d'une évidence. Moi je trouve que ça te va plutôt bien. À moins, bien sûr, que tu préfères mamie Clara ?

Symone a ri et moi aussi. Puis j'ai dit :

— OK pour tatie Clara.

Comment dire non à une femme enceinte qui vient d'échapper à la mort ?

Richard est rentré avec tout le nécessaire pour soigner la blessure de Symone. Bien installée au creux du fauteuil, elle me laissa retirer à la pince chacune des petites saletés qui s'étaient incrustées dans sa plaie. Sans se plaindre, Symone me laissa aussi désinfecter le tout et ensuite, avec dextérité et délicatesse, recoudre l'estafilade qui longeait son arcade sourcilière. On n'y verrait plus rien dans quelques semaines.

Richard m'observait, intrigué.

— Tu ne me feras tout de même pas croire que tu en es à tes premières sutures. On voit bien que tu pourrais faire ça les yeux fermés.

— Eh ben dis donc! On ne peut rien te cacher, à toi! Si tu veux tout savoir, j'étais infirmière quand j'ai rencontré mon mari. Mais tout ça remonte à tellement loin! Et moi qui croyais que ce savoir-faire ne servirait plus jamais! Nurse un jour, nurse toujours, on dirait bien.

Symone se leva, légèrement étourdie, et alla s'allonger auprès de la bichette.

— On va t'appeler Oprah, souffla Symone à l'animal. Ce qui en hébreu signifie «faon» ou «fugitive».

— Et comment tu sais ça, toi? a aussitôt lancé Richard.

— Ah putain! Si tu savais tout ce qu'on peut apprendre dans un kibboutz!

— Tu es juive?

— Ça dépend des jours. Selon si c'est ma mère ou mon père qui me manque le plus au moment où je cherche à trancher la question. Mais techniquement je suis juive, full kasher, comme on dit, puisque la judéité ne se transmet que par la mère. C'est ainsi depuis le don de la Torah sur le mont Sinaï. Dieu ne fait confiance qu'aux femmes pour les affaires de la plus haute importance. Ce qui prouve qu'il n'est pas toujours l'insignifiant que l'on pense.

Symone se lança alors dans une confession qui nous garda suspendus à ses lèvres.

— La vérité, c'est que je suis née d'une mère française, professeure de piano, juive et sioniste à l'os, et d'un père chrétien italien, aussi beau que le *David* de Michelangelo, don Juan de première et chef cuisinier. Tous les trois on vivait à Tel-Aviv depuis ma naissance, et franchement ça baignait dans l'huile jusqu'à ce que mon père tombe amoureux fou d'une Palestinienne militante de vingt ans, qu'il a suivie en laissant tout derrière. La foi de ma mère a pris le chemin du caniveau quand elle s'est imaginé que Yahvé avait une dent contre elle, et elle a perdu le nord. Allant de dépressions en névroses et de névroses en psychoses jusqu'à la démence, elle s'est fait sauter la cervelle à Yom Kippour l'année de mes quatorze ans. De là, la protection de l'enfance m'a confiée à un kibboutz chargé de m'instruire. Puis à dix-huit ans j'arrivais à Montréal avec ma petite valise sous le bras, ma Torah, ma Bible, le cahier des recettes de mon père et un peu moins de mille piastres en poche.

— Pourquoi Montréal? a fait Richard.

— Pour respirer le même air que Leonard Cohen, dont les chansons ont bercé mon enfance. Et aussi un peu beaucoup pour la Petite Italie, sa grande diaspora, ses parfums d'espresso, de grappa, de basilic et de tomates mûres, l'été.

— Et Bob, j'ai demandé, tu l'as rencontré comment?

— Par malchance, je dirais. Il cherchait une serveuse pour une buvette dont il était le gérant à Montréal, et il m'a embauchée. Puis il a voulu partir sa propre affaire. Le Thank God était à vendre pour presque rien, alors bingo. En me promettant mer et monde, il m'a convaincue de l'accompagner. Il m'a vendu sa salade : l'amour-toujours, le grand air, les grands espaces, l'indépendance financière, les enfants qui jouent dans les champs, bla-bla-bla. Le baratin classique, quoi. J'ai tout gobé et j'ai embarqué dans le beau grand bateau qu'il m'avait monté, et puis voilà. On vogue à la dérive depuis. On est loin du paradis que j'avais espéré. De serveuse je suis passée à servante, voire esclave. Mais je vous rassure tout de suite, je suis moins cruche que j'en ai l'air. Il ne faut surtout pas croire que je n'ai pas le courage de voir les choses en face. Et comme je me suis fabriqué un enfant, a-t-elle ajouté en caressant son ventre, j'arrive même, maintenant, à regarder un peu en avant.

J'ai passé mes mains dans les cheveux de Symone en retenant mes pleurs.

— Ça ne donne rien de gémir, Clara, crois-moi. On émerge tous un jour ou l'autre de quelque part, pas mal amochés, a-t-elle dit. Le plus dur, c'est d'en revenir, si tu vois ce que je veux dire. De parvenir à passer à autre chose sans pour autant jeter le bébé avec l'eau du bain. Évidemment, ce ne sont pas les défis qui manquent à ceux qui prennent la décision de survivre à leurs pertes et à leurs cataclysmes. Mais c'est possible. On n'a qu'à penser aux survivants de l'Holocauste ou à ceux des génocides arméniens, ukrainiens ou rwandais. Les exemples ne manquent pas. Cohen l'a écrit : « *There is a crack, a crack in everything. That's how the light gets in.* » Et Cohen, les amis, ce n'était vraiment pas le type à chanter à travers son chapeau.

Richard est sorti fumer pour faire passer le motton qu'il avait en travers de la gorge, alors que Symone et moi on est restées là, silencieuses dans le grand soleil de midi qui plombait par la fenêtre, à réfléchir à nos passés respectifs et aux moyens d'en revenir. Oprah, elle, la panse bien pleine et le souffle tranquille, roupillait comme un loir.

Chapitre quatre

RICHARD

Dans l'après-midi, quatre ti-counes étaient descendus d'un pick-up poqué. Boudinés comme des rôtis de porc frais dans leur combine de Ski-Doo, ils avaient balancé le grand corps de la biche au fond de la boîte pour ensuite aller le dropper Dieu sait où. Le camion s'était éloigné en pétaradant, le tuyau d'échappement traînant dans le chemin et le pare-chocs avant bringuebalant de tout bord tout côté. Ne restait plus sur la neige tapée que quelques traces de pneus et deux ou trois traînées de sang clair qu'Oprah s'empressait d'aller renifler dès que nous la sortions en cachette pour une courte balade. L'odeur d'une mère, ça ne s'oublie pas.

Malgré tout ce brouhaha, et en dépit de la visite de l'agent Pouliot qui s'était longuement attardé au comptoir pour faire causette avec Bob, pas un seul client ne s'était aventuré à poser la moindre question au sujet des événements du jour. *Business as usual*. Chacun ses oignons, comme on dit.

D'ailleurs, voilà qui me semblait être le mot d'ordre au Thank God. Depuis que je réfléchissais à la job botchée de ce tire-au-flanc de Pouliot, que seul un aveuglement volontaire pouvait expliquer, je ne pouvais m'empêcher de penser qu'il régnait en ces lieux, dedans et partout aux alentours, une sorte d'omertà. Il m'apparaissait de plus en plus évident que ce misérable truck stop était en fait un territoire miné de mystères et de non-dits, une sorte de dompe destinée à recueillir les infamies de la nature humaine, un dépotoir où s'empilaient les uns par-dessus les autres, pareils à des cadavres jetés dans une fosse commune, les secrets glauques de certains des habitants de la région, ainsi que les plus inavouables errements ayant été commis là par des routiers venus de partout et la plupart du temps repartis sans laisser d'adresse. L'alcool, l'éloignement, le poids d'une trop longue solitude et celui de la fatigue de la route pouvaient amener un homme à succomber à l'appel de ses démons. J'en étais persuadé. Le tout dépendait de sa capacité à repousser ceux-ci vers la terre, j'imagine. Autant qu'il en allait du degré d'élasticité de sa morale, de ses principes et de la pureté de son cœur. Et aussi un peu pas mal des risques qu'il courait de se faire pincer.

Voilà à peu près ce que je ruminais pendant qu'Oprah se frottait à mes jambes pour me quémander une caresse, ses longs cils battant au vent comme des franges de parasol. Quelque chose me disait que toutes les bassesses humaines convergeaient au Thank God pour y être lâchées lousses avant d'être, sinon effacées des mémoires, à tout le moins tues à jamais. Dans le genre « ce qui se passe au Thank God reste au Thank God ».

Une chose était certaine, les échanges de regards que j'avais surpris entre Bob et ce crétin de flic me semblaient témoigner d'une espèce d'alliance suspecte mais encore impossible à définir. Pour moi qui n'était pas né de la dernière pluie et qui avait vu neiger en masse, il ne faisait aucun doute que ces deux-là faisaient la paire.

Bref, malgré son nom, le Thank God était tout sauf un refuge pour enfants de chœur en odeur de sainteté.

*

Plus tard, assis au comptoir à siroter un café le temps que Clara rapporte du lait de chèvre de chez l'éleveur, je me suis promis de glisser un mot de tout ça à Symone. En tournant distraitement les pages du journal, je regardais les clients faire leur petite affaire en silence avant de reprendre la route. Bob vaquait à ses occupations habituelles, allant sans cesse de la cuisine à la chambre froide où patates, navets, carottes et autres légumes d'hiver étaient entreposés sans doute à la va-comme-je-te-pousse, parmi les conserves en tout genre et les piles de caisses de bière. Une femme avait failli être tuée pour une stupide question de vidanges et pourtant la terre continuait de tourner sans le moindre soubresaut. La bedaine en avant et le visage croûté, la principale intéressée elle-même avait repris du service sans manquer un seul beat entre deux spot-checks réguliers auprès d'Oprah, qui, elle, pauvre petite, se répandait en effusions de joie dès qu'elle voyait Symone franchir le seuil de la chambre.

Ça donnait presque envie de brailler.

Chapitre cinq

RICHARD

En revenant de chez Patrick, Clara a rangé les réserves de lait de chèvre dans le petit frigo de la chambre. Cherchant à échapper au froid et à l'humidité qui avaient envahi les lieux en dépit du chauffage poussé au max, elle s'est allongée dans le lit avec Oprah pour lui donner à boire. Je suis rentré dans la seconde qui a suivi, puis je me suis moi aussi vite glissé sous les draps.

Les fesses de Clara étaient chaudes comme des miches tout juste sorties du four, tandis que l'odeur sauvage d'Oprah, à la fois piquante et enveloppante, embaumait la chambre, masquant ainsi les relents de moisissure qui émanaient du tapis et des murs. C'était loin d'être le Pérou, mais pour une fois depuis une éternité je pouvais affirmer que je me sentais à ma place, pour ainsi dire sur mon X. Tout ça mis ensemble avait un petit goût de début de bonheur.

*

Le ciel s'étant assombri, j'ai tendu le bras pour allumer la lampe. Un exemplaire de *Vanity Fair* traînait sur la table de chevet.

— Sabine Dumontier! me suis-je écrié en me redressant dans le lit. Non mais tu sais qu'elle est mon actrice préférée?

— Tiens donc! a dit Clara. Figure-toi que c'est aussi la mienne.

— Tu l'as vue, dans ce film dont j'oublie le titre, où elle joue une enseignante? Baptême! Quel talent fou! Quelle éblouissante performance!

— Tu parles de *Unteaching*?

— C'est ça, oui! Et tu l'as sûrement vue aussi dans *Vermeil*, le film qui lui a valu un Oscar. Tu te souviens de l'ovation debout qu'elle a reçue lorsqu'elle est allée chercher sa statuette, le speech formidable qu'elle a livré sous le regard ému de son producteur de mari? Et surtout ne me dis pas que tu n'as pas vu *Don't Look*? Calvinse! Je n'oublierai jamais cette scène où elle…

— … étrangle sa mère. Je sais. Ce passage me hante encore, crois-moi. J'ai vu tous les films de Sabine, Richard, et j'ai acheté tous les DVD. Je n'ai raté aucune des entrevues qu'elle a accordées, je lis tous les articles qui lui sont consacrés. Je les découpe soigneusement et je les dépose dans une boîte qui sera bientôt devenue trop petite pour les contenir tous. Sois certain que tu ne trouveras jamais plus grande fan que moi de Sabine Dumontier. Quand, la semaine dernière, elle a été reçue chez Ellen DeGeneres, je me suis tenue à ça de l'écran de mon téléviseur et j'ai bu toutes ses paroles comme de la ciguë.

— De la ciguë? j'ai fait, le visage tout en grimaces, l'air du gars qui craint d'en avoir manqué des bouts.

— Oh, never mind. Tu sais ce qu'elle a répondu lorsqu'Ellen lui a demandé de parler de sa famille?

— …

— Eh bien, elle a dit : « *Gaspard is my only family. He saved me.* » Tout en fixant la caméra, elle a ajouté : « *To me, my mother died a long time ago, along with my childhood. Who the hell needs a mother like that, anyway?* » « *What do you mean?* » a demandé Ellen, interloquée. « *Well, you know… the kind of mother who looks away through her pair of pink glasses while you're screaming for help.* » Mon mari avait lâché un « bof », pas plus ébranlé qu'il faut, avant de s'empresser de changer de poste. « Ce ne sont que des balivernes d'enfant gâtée, rien de plus, avait-il laissé tomber. Surtout ne va pas en faire une maladie! »

J'écoutais parler Clara tout en tenant le magazine près de son visage.

— C'est fou, ça, on dirait toi, que je lui ai dit, mais en plus jeune. La même beauté, le même regard, le même mystère.

Et c'est là que Clara m'a lancé les pièces qui manquaient au puzzle, ces mots qui m'ont crissement scié en deux :

— Eh bien oui, quoi. Telle mère, telle fille !

Éclatant en sanglots, Clara a bondi du lit d'un seul coup comme un spring, en tenant ses seins au creux de ses mains. En chemin vers les toilettes où elle est allée s'enfermer, elle a saisi en vitesse son flacon de Dilaudid et son téléphone. À travers la porte et par-dessus les bruits d'ablutions qui me parvenaient, elle a poursuivi en chialant.

— C'est à n'y rien comprendre, tu vois. Parce qu'enfin il me semble que j'ai toujours été là. Que pas une seule fois je n'ai hésité à me précipiter auprès d'elle, toutes affaires cessantes, pour soigner ses grippes ou ses blessures, sécher ses larmes, l'encourager en tout. Lui donner le meilleur et lui éviter le pire, quoi. N'est-ce pas là le rôle d'une mère ? Il lui a toujours suffi de murmurer mon nom pour que j'accoure en laissant tout en plan. Alors ces cris dont elle parle, ces appels à l'aide, j'ai beau retourner ça dans ma tête encore et encore, je ne vois vraiment pas comment j'aurais pu y être sourde, à moins bien sûr d'avoir eu la tête enterrée dans le sable jusqu'aux épaules, ou encore que Sabine n'ait jamais réussi à pousser que des cris aussi remplis de silence que celui de Munch.

CLARA

Elles étaient réapparues. Au fil de ma conversation avec Richard, elles avaient commencé par mordre mes chevilles pour se hisser ensuite jusqu'à mes genoux et mes hanches. Puis dans le temps de le dire, elles avaient assailli mon corps tout entier avec l'intensité d'un feu de forêt, si bien que chacun de mes gestes était devenu une torture innommable. Évoquer Sabine, même brièvement, me faisait toujours le même effet. C'était comme se mettre le doigt dans le tordeur et ne pouvoir empêcher tout le bras d'y passer. Tous ces souvenirs qui resurgissaient tels des pop-ups sur un écran me secouaient de tremblements irrépressibles.

Sitôt embarrée dans les toilettes, je me suis envoyé deux comprimés. L'idée de me taper tout le flacon m'était bien entendu venue à l'esprit, mais comme d'habitude, la peur de me rater m'en avait immédiatement dissuadée. Et puis, que je me disais, si j'étais pour céder à l'envie de descendre du bus avant mon temps, autant le faire ailleurs que dans les toilettes de cette chambre miteuse. Parce que si passer l'arme à gauche de son plein gré est un droit, il ne dispense personne du devoir de faire preuve d'un minimum d'altruisme.

Assise sur le carrelage glacial, alors que les comprimés me ramollissaient le corps autant que l'esprit et que Richard prononçait doucement mon nom de l'autre côté de la porte, je songeais que si, pour en finir, la méthode des médocs était loin d'être parfaite, elle avait en revanche l'avantage d'amortir le choc qui ébranle quiconque fera la macabre découverte. Offrir aux âmes sensibles la vue d'un visage finement maquillé, auréolé d'une chevelure maîtrisée, était bien le geste le plus charitable qu'un être en voie de s'enlever la vie puisse ultimement poser. Ce que tout recours à la noyade, à la pendaison ou à l'usage d'une arme à feu, par exemple, rend impossible pour des raisons évidentes.

Le hic, c'est que pour tirer sa révérence dans le respect des autres, il faut consentir à supporter sa vie encore quelques minutes de plus, plutôt que de passer à l'action sans délai. Aussi bien dire des siècles, pour qui brûle de désespoir depuis déjà trop longtemps. C'est un sacrifice immense, mais, sait-on jamais, pouvant peut-être suffire à racheter toutes vos fautes à l'heure du grand bilan.

Aime ton prochain comme toi-même…

Il se trouve que j'avais beaucoup réfléchi à la question depuis que j'avais perdu Sabine. Pour parler franchement, je n'en étais pas à mes premières tentations. Alors non, casser ma pipe dans les toilettes d'une chambre de truck stop, à poil et coiffée comme un dessous de bras, la face barbouillée de larmes, les seins en pendeloques et les capitons de cellulite bien en vue, n'était pas envisageable, même pour mettre un terme à toutes mes souffrances. D'autant plus que je me suis mise à penser à Symone qui avait déjà reçu plus que sa part de merde. Je n'allais quand même pas en rajouter avec le paquet de troubles d'un cadavre à gérer. Et puis il y avait Richard aussi, qui continuait à m'appeler doucement à travers la porte, pour m'aspirer vers la vie. Alors j'ai respiré un bon coup, j'ai appuyé mon dos au mur et j'ai commencé par le commencement.

*

Sabine, ma fille, avait treize ans lorsque son amie Frannie l'avait convaincue de l'accompagner à un casting de cinéma pour un tournage devant avoir lieu à Montréal. Selon ce qui avait été annoncé en grande pompe dans les journaux ainsi qu'aux nouvelles télévisées, une célèbre compagnie de production française était à la recherche de jeunes filles de seize ans pour tenir des rôles de figuration. Évidemment, j'avais dit :

«Non, miss. Minute papillon. Mais enfin tu te prends pour qui, là, mademoiselle qui n'a pas le nombril sec et qui déjà veut jouer les starlettes?» Parce qu'enfin, Sabine n'avait pas l'âge requis. Et que l'idée qu'elle s'absente de l'école pour une affaire aussi farfelue était loin de m'enchanter. Après tout, nous étions début juin, en pleine période de préparation des examens de fin d'année. Ce n'était quand même pas le temps de lâcher la bride pour se lancer dans des projets insensés qui allaient indubitablement faire patate.

Mais Sabine et sa copine ne l'entendaient pas de cette manière. En n'en soufflant mot à personne, les deux filles s'étaient concocté, pour l'occasion, à même le contenu du placard de la sœur aînée de Frannie, un look pas piqué des vers, espérant ainsi en mettre plein la vue au directeur de casting. Minijupe, bustier, faux cils et lipstick, escarpins, créoles. Le kit de la parfaite guédaille en herbe. De quoi me déclencher un infarctus fatal, ni plus ni moins. Laissant derrière elles un sillage de *Fantasy*, le parfum de Britney Spears dont le flacon est couronné de ce qui s'apparente à un immense clitoris turgescent en mal de caresses, les deux filles s'étaient rendues au lieu du rendez-vous, où déjà des dizaines de gamines assoiffées de célébrité faisaient la file en croisant les doigts pour être retenues.

Lorsque la direction de l'école m'avait contactée en matinée pour me signaler l'absence de Sabine, j'avais sauté un breaker et tenté de la joindre sur son cell à de multiples reprises, sans succès. Puis, en fin de journée, alors que je l'attendais avec une brique et un fanal, elle était finalement rentrée sans l'ombre d'un repentir, encore attifée comme une Lolita, le mascara smudgé jusque-là, la tignasse tout ébouriffée par le vent et les pieds couverts d'ampoules. J'avais failli m'évanouir.

Je regardais Sabine soutenir mon regard et se dandiner devant moi en affichant cet air frondeur propre aux enfants qui s'enorgueillissent d'avoir eu le cran d'envoyer leurs parents se faire foutre, et qui réalisent que le ciel ne leur est pas tombé sur la tête pour autant.

Juchée sur des Louboutin vertigineux et un brin trop grands, ses bourgeons de seins pointant à travers le minuscule corsage qui donnait tout à voir de son ventre d'enfant aussi blanc que de la pâte à pain, ma fille semblait planer. Ivre d'une liberté bien trop vaste pour sa petite personne, une liberté qu'elle n'avait goûtée que du bout des lèvres mais dont elle devinait les mille promesses, elle était devenue soudainement pressée d'en finir avec son enfance. Je supposais qu'elle y voyait un carcan trop étroit pour lui permettre de satisfaire sa soif de découvertes, alors que c'était plutôt pour échapper à une torture dont j'ignorais l'existence qu'elle se précipitait dans cet océan d'inconnu, au risque d'y finir noyée.

Je voyais bien dans ses yeux mutins que la fuite en avant était dorénavant son plan de vie, son crédo, depuis qu'en l'espace d'un seul après-midi elle avait compris que l'insubordination était le refuge le plus sûr contre les empêcheurs de tourner en rond et tous les party poopers de ce monde – y compris moi, la reine des emmerdeuses –, déterminés à la retenir de n'en faire qu'à sa tête. Sabine avait découvert qu'il était possible de s'emparer de la liberté, à treize ou à cent ans, aussi simplement que l'on vole une pomme. Nous fuir, son père et moi, emprunter la première porte de sortie vers l'âge adulte, quel qu'en soit le prix, tel était son programme. Comme si elle en était venue à la conclusion qu'il lui fallait perdre en jeunesse et en fraîcheur pour se défendre contre Dieu sait quoi.

Moi, j'en perdais mon latin.

Traversée par des frissons de peur, je croyais prendre la mesure du lot d'inquiétudes qui allait finir par me faire boire du NyQuil à la paille. Or, je le sais trop bien aujourd'hui, j'étais à mille lieues de saisir l'ampleur du maelström qui s'annonçait en ce jour de juin. Nous n'apercevions que la pointe de l'iceberg, c'était malheureusement l'exorde d'une histoire forcément appelée à crasher.

Assise dans le fauteuil où je m'étais laissée tomber de stupéfaction, je ne croyais pas si bien dire en clamant que je n'étais pas au bout de mes peines. Ce à quoi Sabine avait répliqué, en riant jaune, ces mots pour le moins étranges, puisque venant d'une enfant que les tracas de l'existence étaient censés n'avoir même pas encore effleurée : « À chacune les siennes, tu sauras. »

Finalement les jours s'étaient succédé et j'avais fini par passer l'éponge. Cependant, je me rendais bien compte que j'avais tout intérêt à me ressaisir si je voulais pouvoir faire face à l'adolescence de Sabine, laquelle risquait d'être sacrément plus rock and roll que je ne l'aurais cru. À la surface des eaux dormantes de sa prime jeunesse, j'imaginais que fleurissaient, tels des nénuphars, d'impétueux désirs d'affranchissement et d'exploration. Je ne savais pas encore qu'elle avait déjà emprunté, bien avant l'heure, les sentiers les plus tortueux.

Assaillie par des scénarios d'horreur, je me représentais, revêtus de l'apparence de gens bien sous tous rapports, des monstres affreux, perpétuellement à l'affût de cœurs purs à profaner, et du moment idéal pour tuer dans l'œuf une vie à peine éclose en criant ciseaux. La nuit, lorsque incapable de dormir je sirotais mon NyQuil comme on buvote un porto, j'imaginais ces rapaces en train de peaufiner leurs plans. Et je tremblais pour ma fille à mesure que le cordon nous unissant s'étirait, s'étirait inexorablement vers son inévitable cassure.

Puis le 10 juillet, Jill, une représentante de MixMatch Films, téléphona à la maison. Ce que j'avais tant redouté était en train de se produire. Par sa grande beauté, son naturel et son talent qui, me disait-on, crevait l'écran, Sabine avait été remarquée par les producteurs qui souhaitaient lui offrir plus qu'un petit rôle de figurante. Ne manquait plus que ça!

— Monsieur Dumontier s'est montré très impressionné par votre fille, avait dit Jill. Pour lui, il ne fait aucun doute qu'elle a l'étoffe d'une superstar.

Devant le scepticisme qui filtrait à travers mes lourds soupirs, on m'avait assuré que c'était bien en ces termes que le producteur avait parlé de Sabine. Il y en a qui beurrent épais.

— Monsieur Dumontier, avait poursuivi Jill, m'a demandé de vous appeler afin de voir avec vous et votre époux s'il ne serait pas possible d'organiser une rencontre dans les plus brefs délais.

Le combiné à la main, j'avais dû m'appuyer au mur de la cuisine pour encaisser la nouvelle sans vomir mon petit-déjeuner.

Quand passablement affolée j'avais finalement pu avoir mon mari Bernard au bout du fil pour le mettre au fait de ce qui s'ourdissait, il n'avait pas pris une seule seconde pour réfléchir aux implications d'une telle proposition, pas plus qu'à ses conséquences sur la vie de notre fille. Au contraire, il y avait tout de suite vu une formidable occasion de redorer son blason au moment où des rumeurs de banditisme le concernant s'étaient remises à circuler dans la ville. Quoi de mieux, pour faire diversion et vous réhabiliter aux yeux des bien-pensants, qu'une fille en voie de devenir une star mondiale de cinéma.

Le 16 juillet, nous nous attablions donc chez Boulud, Jill, Gaspard Dumontier, Bernard, Sabine et moi. Bien sûr, nous avions pris soin de consulter notre avocat afin de nous assurer que les intérêts de Sabine allaient être défendus et protégés. Qui veut s'embarquer dans une affaire pareille les yeux fermés ? Et puis j'avais aussi pris le temps de faire sur internet les recherches qui s'imposaient.

Gaspard Dumontier était bel et bien connu dans le milieu du cinéma pour être ce qu'on appelle un *star maker*. C'est donc sur ses conseils que nous avions aussi convié le vieux Giovanni Da Costa, propriétaire de l'agence d'acteurs la plus réputée au Canada, établie à Toronto. Il fut convenu qu'en plus de négocier le contrat liant Sabine à MixMatch Films, Giovanni serait son représentant exclusif auprès de tout producteur souhaitant lui offrir un rôle, advenant qu'une telle situation se produise, ce dont je doutais fort. Il y a tout de même des limites à rêver en couleurs.

Dans une entente rédigée noir sur blanc, on pouvait lire que l'agence Da Costa veillerait à ce que notre fille soit chaperonnée en tout temps au cours de tous les déplacements qu'exigerait sa participation à un film, ainsi qu'à l'occasion de toute rencontre professionnelle liée à sa carrière d'actrice. Quelle sorte de mère accepterait que sa fille soit lâchée seule dans cette jungle de vieux maquereaux ne serait-ce qu'une seconde?

C'est bien pour dire. On se croit blindé, on se dit qu'on a tout prévu, et puis vient un jour où l'on découvre qu'on ne l'était pas tant que ça, finalement.

*

Le tournage des scènes impliquant Sabine eut lieu en décembre, pendant le congé scolaire. Ce fut, cette année-là, le premier d'une longue liste de Noëls bousillés.

N'empêche, si *Mystic Doll* ne fit pas de malheur dès sa sortie au box-office, il fut toutefois présenté en compétition à Cannes. Au milieu de la cohue amassée devant le Palais des festivals, je me souviens d'avoir regardé Sabine, alors âgée de quatorze ans, gravir les marches légendaires dans un élan juvénile émouvant. Vêtue d'une robe d'organza rose et de spartiates Valentino, elle souriait en direction de la foule, en compagnie des autres acteurs du film, du réalisateur, et bien entendu de Gaspard Dumontier qui ne la quittait pas des yeux.

Dans un mélange de fierté et de peur au ventre, j'avais applaudi à tout rompre ma fille se trémoussant devant les flashs qui n'en finissaient plus de crépiter, alors que ce que je brûlais d'envie de faire, c'était la saisir par la main et la ramener chez nous, loin de ce vortex que je croyais en passe de l'avaler.

Le film s'ouvrait sur le visage de Sabine dont la beauté produisait chez tous les spectateurs une véritable onde de choc suivie d'un bouquet d'exclamations admiratives. Sa splendeur, sa voix unique et l'épatante justesse de son jeu éclipsèrent sans peine la qualité discutable du scénario. D'autant plus que les scènes d'amour sulfureuses qui parsemaient le film mettaient en lumière, chez Sabine, une aisance presque obscène de vérité, un abandon pouvant facilement porter l'assistance à la croire, malgré son jeune âge, déjà rompue aux choses du sexe. Pour tout dire, c'était la recette parfaite pour auréoler ma fille d'un mystère à la fois angélique et canaille. Un tour de passe-passe habile du directeur photo, un exploit capable de faire manger au même râtelier tant les cinéphiles intraitables que les petites fripouilles en mal d'idoles.

En définitive, c'est Sabine qui sauva ce film des oubliettes où, sans elle, il aurait à coup sûr été vite relégué. Le public surfa longtemps sur le souffle inespéré que Sabine donna à *Mystic Doll*. Dans la foulée, les médias s'entichèrent d'elle et la sacrèrent découverte de l'année. Dès lors, on parlait partout d'une

Sabinemania, et on s'arrachait les publications dont elle faisait la une. Les jeunes filles se mirent à courir chez le coiffeur pour demander un look à la Sabine, à l'instar de leurs propres mères qui, bien avant elles, dans les années soixante-dix, s'étaient ruées pour obtenir une tête de moppe à la Farrah Fawcett.

Bref, je ne contrôlais plus rien. Tout s'en allait à vau-l'eau. Quelque chose en moi le savait, la tornade n'était déjà plus maîtrisable.

*

Évidemment, au fil du temps, l'intérêt de Sabine pour les études prit le bord. Ses présences au collège se raréfièrent jusqu'à devenir inexistantes, sans parler de son manque d'assiduité à ses cours de tennis où l'emmenait Bernard, chaque samedi matin, depuis des lustres. C'était à prévoir, Sabine restait insensible à tous les discours axés sur l'importance de la scolarité. Entre les classes à l'Actors Studio de New York, les castings, les essayages, les tournages et les campagnes de promotion, elle embrassait de plus en plus largement un monde qui m'était étranger et dont j'ignorais tout des rouages, des règles tacites et des excès.

L'ensemble de ce qui avait constitué sa vie jusqu'à ce que cette gloire inattendue vienne changer la donne faisait bien pâle figure à côté des rencontres, du glamour et de l'effervescence que lui offrait le milieu du cinéma. Quant à nous, ses parents, nous n'étions plus que deux 7 Up flat sans le moindre attrait. Malgré tous mes efforts pour le préserver, je regardais s'étioler un peu plus chaque jour le lien à la fois si doux et si fort qui nous avait unies, elle et moi, depuis sa naissance. Tous ces allers-retours dans des studios de cinéma et de télé, ponctués de voyages en jet privé jusqu'à Hollywood, ne nous laissaient plus beaucoup d'occasions de passer ne serait-ce que quelques heures seules ensemble à simplement feuilleter des magazines, manger de la glace au chocolat, faire les boutiques ou les musées, scotchées l'une à l'autre comme *avant*, ébaubies devant les merveilles de l'art qui s'offraient à nos yeux.

Mais *avant* quoi?

Il fallait bien se rendre à l'évidence. Un dîner d'anniversaire en compagnie de quelques copines ne faisait plus le poids, aux yeux de ma fille, face à une fête organisée par ce satané Dumontier qui, depuis *Mystic Doll*, s'était posé en grand protecteur de Sabine. Réunissant des brochettes de stars, ces partys réputés extravagants faisaient les choux gras de la presse people, qui ne demandait qu'à lancer des rumeurs au sujet de tout un chacun.

On aurait dit que Sabine se délestait petit à petit de ce qui avait jusque-là contribué à faire son bonheur. Les nouveaux amis supplantaient automatiquement les anciens, au fur et à mesure que les plus récentes expériences rendaient les souvenirs parfaitement obsolètes et insignifiants. Même Frannie, pourtant sa plus fidèle amie, ne faisait plus partie du portrait. Sur la très longue liste des contacts de Sabine ne figuraient plus que des vedettes. Jennifer Lawrence, Taylor Swift, Zendaya, Timothée Chalamet, Harry Styles, Selena Gomez et même cette tête brûlée de Miley Cyrus. Mais on y retrouvait aussi des maquilleurs, des coiffeurs et des réalisateurs, ainsi qu'une foule de mannequins, sans compter tous les autres dont les noms n'évoquaient rien pour moi.

Ma fille switchait d'univers. Elle me glissait entre les doigts telle une savonnette, pour tomber aussitôt dans d'autres mains, au sale comme au défiguré. Voilà ce que je craignais qu'il soit en train de se produire. J'avais beau l'accompagner dans ses pérégrinations au cours desquelles, je le sentais bien, on mettait tout en œuvre pour me tenir à l'écart sous des prétextes tout aussi plausibles les uns que les autres, je ne pouvais empêcher des petits bouts de Sabine de s'envoler un à un. Comme son sourire, tiens, dont elle était de plus en plus avare, et son espièglerie qui avait cédé la place à un cynisme désabusé qui me crevait le cœur. C'était mon enfant, ma petite, celle que j'avais portée, aimée depuis la première nanoseconde de sa vie, bercée, langée, nourrie… Celle que je m'étais toujours targuée de connaître aussi bien que le fond de ma poche et que j'avais maintenant un mal fou à décoder.

*

J'avais senti la soupe chaude en découvrant, sur son téléphone, une photo d'elle assise parmi des mecs masqués. Je sais quand même faire un plus un, deux. Elle devait avoir quinze ans. Questionnée, Sabine s'était employée par tous les moyens à tenter de désamorcer l'affaire. Elle affirma qu'il s'agissait là d'une parodie de *Eyes Wide Shut* à laquelle elle s'était prêtée à la blague, avec des collègues de la production, à l'occasion d'une fête donnée par Gaspard à sa résidence. « Ça ne t'ennuierait pas, lui avais-je alors demandé, de regarder si par hasard je n'aurais pas une poignée dans le dos ? » Selon ses dires, il n'y avait pas de quoi en faire un fromage. Tout ça n'était qu'un jeu destiné à faire rire Gaspard, qui avait toujours pris plaisir à dénigrer ce film de Kubrick et à casser publiquement du sucre sur son dos.

Ma fille avait argumenté avec tant de talent qu'il m'était apparu difficile de démêler le vrai du faux. Mais le fait est que le ver était dans le fruit. Et lorsqu'un doute s'installe, il gruge vos nuits et s'invite à l'improviste dans toutes vos pensées. La suspicion est une coquerelle, un affreux cafard qui fait des petits plus vite que vous ne clignez des yeux. Le temps que vous en repériez une, d'autres sortent de leur planque par dizaines pour envahir les murs et grimper à vos jambes. Une petite armée, je vous dis, qui ne vous laisse plus jamais tranquille.

Obsédée et rongée par les tourments, je faisais d'ailleurs nuit après nuit le même cauchemar, encore et encore, qui me laissait chaque fois, au réveil, dans un état de détresse insupportable. À la recherche de Sabine, je poussais une porte qui étonnamment n'était pas verrouillée. J'entrais dans un lieu plongé dans une pénombre éclairée çà et là par des bougies. En longeant un corridor sans toucher terre, un peu comme le ferait un fantôme flottant sans bruit, je suivais le son des voix, des soupirs et des gémissements étranges qui me semblaient provenir d'un téléviseur.

Puis je voyais une poignée d'hommes nus encercler un grand lit. D'où je me trouvais, je pouvais discerner leur chair flasque et flétrie secouée de spasmes, ainsi que leur chevelure argentée ou encore leur crâne dégarni au milieu de la chambre où régnait une odeur de sueur et de fluides corporels. Des pépères en transe dont les grands miroirs accrochés aux murs me renvoyaient l'image pitoyable. Trop occupés qu'ils étaient à s'astiquer frénétiquement, le regard rivé à la scène qui se déroulait sur le lit, aucun d'eux ne percevait ma présence.

C'est alors que je m'approchais du lit où, horrifiée, je découvrais ma fille, *ma fille* qui, sous le baldaquin et dans un plaisir manifeste, se faisait prendre par tous les orifices. Au moment où je hurlais de colère et de désespoir, bousculant deux ou trois hommes qui en échappaient de surprise leur bite soudain ramollie, la voix de Sabine se faisait clairement entendre au-dessus de la mêlée :

— Tiens, si ce n'est pas maman chérie !

Sur ces mots, je me réveillais invariablement en panique.

N'y tenant plus, faisant fi des admonestations de Bernard qui me criait par la tête de lui lâcher les baskets, je m'étais mise à traquer Sabine sans relâche, et à fouiller toutes ses affaires à la moindre occasion. Bonjour fixette. Pendant qu'elle se prélassait dans la baignoire, je retournais ses tiroirs et ses poches, convaincue qu'un jour ou l'autre je finirais bien par y trouver un élément capable de confirmer mes pires appréhensions.

Bernard fulminait.

Devant tant d'indiscrétion, Sabine avait vu rouge. Braquée contre moi, elle s'était alors enfermée dans un mutisme complet pendant des semaines. Le peu de connivence qu'il nous restait s'évapora. Une poffe de cigarette au grand vent. Elle se mit à voir ma vigilance et mon inquiétude non pas comme des signes d'amour maternel, mais plutôt comme des bâtons dans ses roues.

D'ailleurs, lorsqu'elle était à la maison, ma fille n'était plus qu'une longue suite d'histoires cousues de fil blanc, de fuites, de dérobades, d'esquives et de faux-fuyants. Durant de longues heures et toujours derrière des portes closes, elle tenait au téléphone des conversations énigmatiques et nébuleuses avec une certaine Geneviève, des discussions dont elle émergeait parfois les yeux rougis. J'éprouvais l'intime conviction que quelque chose de grave m'échappait. Et en dépit de tous mes efforts, j'arrivais toujours trop tard ou trop tôt pour mettre le doigt dessus. Lorsque j'imposais ma présence sur les lieux de tournage, il me semblait que les membres de l'entourage de Sabine échangeaient en silence des regards entendus et que l'air ambiant empestait le non-dit jusqu'à la nausée.

Puis, coup de théâtre, le vieux Da Costa fut arrêté pour viols et crimes sexuels commis sur des mineures, parmi lesquelles on comptait des enfants de moins de treize ans. Mon cœur fit trois tours. Toutes les aspirantes actrices et les jeunes comédiennes de renom représentées par l'agence furent rencontrées par la police, y compris Sabine. Elle nia catégoriquement avoir jamais été l'objet d'agression de la part de Giovanni.

À la fin de l'interrogatoire, l'enquêteur regarda Sabine droit dans les yeux, comme s'il avait cherché à y déceler quelque vérité inavouée. Il lui demanda ensuite si elle avait autre chose à ajouter.

Prise d'angoisse, Sabine se tourna vers son père qui, à son tour, scruta profondément son regard d'un air à la fois sévère et inquiet.

— Non, finit-elle par répondre en baissant la tête, au terme d'une dizaine de secondes qui me parurent une éternité. Rien du tout. Je n'ai rien de plus à vous dire à ce propos.

Bernard soupira de soulagement.

— Tu en es bien certaine? avais-je insisté, puisque je la trouvais hésitante, comme si elle était sur le point de cracher une dénonciation qu'elle avait sur le bout de la langue.

— Oui! avait hurlé Sabine en me fixant avec des yeux remplis d'amour et de larmes qui me chavirèrent. Maintenant, foutez-moi la paix, bordel de merde!

*

Devant la tournure des événements, Dumontier proposa de prendre le relais et de s'occuper de la carrière de Sabine qui atteignait maintenant ses dix-sept ans. Je refusai net. Déterminé à me faire changer d'avis, l'homme entreprit de grandes manœuvres pour y parvenir.

Au bout du compte, ayant épuisé toutes les idées susceptibles de me faire fléchir, il finit par jouer sa dernière carte en nous proposant une somme d'argent faramineuse. Malgré mon désaccord outré et mon indignation, et sans même m'informer de ses intentions,

Bernard s'empressa de conclure une entente avec Dumontier sous prétexte qu'un père digne de ce nom se devait de favoriser l'essor de la carrière de sa fille. Mon œil, oui. Un peu plus et on l'aurait cru soulagé de la voir partir.

Le soir même, Sabine s'envolait donc vers Hollywood à bord du jet de Gaspard, pour se jeter dans ce que j'estimais être la gueule du loup, tandis que Bernard, de son côté, courait chez Rolls-Royce faire l'acquisition d'une Phantom de l'année. Il y en a pour qui tout est vraiment bon à prendre ou à vendre.

Dans sa chambre, Sabine avait laissé un mot sibyllin à mon attention. « Mon jardin secret est rempli d'orties. » Une note que j'ai tenté de décrypter des milliers de fois sans jamais y parvenir. Un bout de papier si usé d'avoir été trop lu qu'il a fini en poussière au fond de mon sac.

Les mois passèrent sans que je reçoive aucune nouvelle de Sabine. Les courriels, les appels et les textos que je multipliais dans l'espoir de reprendre contact avec elle n'aboutissaient à rien. Mes supplications tombaient dans la messagerie téléphonique comme autant de cailloux au fond d'un puits. Bien sûr, je la voyais briller dans les pubs du dernier parfum de Lagerfeld ou dans cette nouvelle série diffusée sur Netflix où elle campait avec brio le rôle d'une jeune violoniste atteinte de cécité. Mais la plupart du temps, la voir m'était si insupportable que je zappais son beau visage dès qu'il apparaissait à l'écran.

La peur de l'avoir et de la savoir perdue à jamais déréglait mon sommeil et mes pensées. Je dormais le jour et errais la nuit comme un chien pas de médaille. J'étais une loque. Il me semblait que tout ce qui se trouvait sous ma peau n'était plus qu'un vaste bassin d'acide où se liquéfiaient, pêle-mêle, en une bouillie méphitique, mes organes internes, ma merde, ma bile, mes os et tout ce qui avait fait de moi jusque-là un être humain physiquement à peu près normal.

Je n'étais plus qu'un sac d'ordures tout juste bon à être balancé sur le trottoir.

Puis, le jour des dix-huit ans de ma fille, épuisée par de longs mois de chagrin, de tourments et d'ennui, je pris un vol pour Paris où avait lieu le tournage de son prochain film. Je débarquai au Peninsula où j'avais mes habitudes. Sans tarder, je me dirigeai vers le plateau de tournage, qui, selon un article paru dans *Paris Match*, était installé dans le 16ᵉ.

Lorsque Sabine m'aperçut parmi les curieux qui s'étaient attroupés le long d'un immeuble, elle rebroussa chemin aussi vite qu'une belette et réintégra sa caravane illico. Un agent de sécurité vint me demander de dégager. Ma présence importunait mademoiselle Sabine qui ne souhaitait pas me voir.

— Mais je suis sa mère ! m'étais-je écriée.

— Et moi Batman, avait répliqué le connard sans même me regarder.

Déterminée à aller enfin au bout de toute cette affaire, j'avais attendu, cachée dans l'ombre d'une porte cochère, que la journée de tournage se termine. Dumontier était arrivé à bord d'un VUS noir aux vitres teintées, conduit par un gaillard en costard, si beau qu'on aurait dit Omar Sy. Signant au passage quelques autographes, Sabine s'était engouffrée dans le véhicule qui prit la direction du Ritz où, toujours selon *Paris Match*, elle occupait la suite Impériale.

Je m'étais retrouvée seule et en larmes à courir derrière le véhicule, les escarpins dans les mains, avant de finalement me résoudre à retourner au Peninsula pour repartir ensuite vers Montréal.

— *Get a life*, m'a lancé quelqu'un, au milieu des passants.

Quelle ironie, quand on y pense, puisque ce que je cherchais déjà, au même moment, c'était justement la meilleure façon d'en finir au plus vite avec la mienne.

*

Deux ans plus tard, la nouvelle du mariage de Sabine et Gaspard fit le tour du monde. On pouvait la voir à son bras, sur les photos, vêtue d'une somptueuse robe blanche conçue par Zuhair Murad. On aurait dit une madone, un cygne ou un lys. «*A Fairy Tale Wedding*», pouvait-on lire, en gros titre. C'est ça, oui. J'imagine que ça devait brailler solide dans les chaumières.

Chapitre six

RICHARD

Clara a fini par sortir des toilettes. En apparaissant dans le faible rayon de lumière projeté par la petite lampe posée sur la table, son beau visage opalin a tout de suite occulté la médiocrité des lieux. C'était comme si d'un seul coup la laideur de la chambre s'était prosternée devant elle, pour dérouler à ses pieds un tapis de fleurs sur lequel il me semblait qu'elle lévitait plus qu'elle ne marchait. En cet instant magnétique, la nudité insolente de Clara, au lieu de crier d'indécence, devenait un monument de vertu absolue, déchirant de vérité.

Même cette émouvante fente pourpre qui luisait dans son miel, entre ses cuisses, à l'ombre de sa fourrure fauve, gagnait en sacré ce qu'elle perdait en érotisme. Il suffisait de contempler cet antre de chair avec un amour pur et sans concupiscence pour comprendre qu'il n'était qu'un nid destiné à tenir au chaud, au plus intime de l'intime, les plus beaux souvenirs des amours perdues de Clara. Quand le cœur se fissure, la mémoire déménage.

Malgré la tristesse inouïe qui se lisait sur ses traits, Clara brillait de cette sorte de noblesse qui n'appartient qu'à ceux qui n'ont rien à cacher. Une rareté, pour tout dire, en cette époque de fou où les squelettes débordent des placards, et où le concept de dignité humaine ne veut plus rien dire. Au son du loquet, Oprah avait quitté sa couche en piaulant pour aller se pelotonner contre Clara.

Devant son corps frissonnant, je lui ai fait enfiler un ensemble de tricot moelleux que j'ai déniché parmi ses affaires cordées serré dans la penderie. Tout en refaisant soigneusement son chignon, Clara a annoncé qu'elle ne dirait pas non à la blanquette de veau qu'elle avait repérée le matin même au menu du soir inscrit au tableau.

— Parce que perdre la boussole, a-t-elle fini par laisser tomber, une pince à cheveux entre les doigts, on peut dire que ça creuse.

*

Le verglas fouettait les vitres du Thank God avec fureur. Pendant que Bob bizounait dans la chambre froide en soufflant comme un phoque, Symone faisait le service. Kickée sans relâche dans les côtes par son bébé depuis la fin de l'après-midi, elle poussait de temps à autre de petits cris de douleur qui faisaient sursauter tout le monde.

— Ce sera un grand joueur de soccer, que j'ai déclaré lorsqu'elle est venue nous servir sa blanquette. Adios Cristiano Ronaldo !

— Ou une danseuse étoile comme Anna Pavlova, a rétorqué Symone en mimant une ballerine.

Puis au moment où Clara a déposé ses mains sur le ventre arrondi, le petit s'est aussitôt calmé. C'est d'même. Certains ont le don plus que d'autres.

Je remarquais que, le vin aidant, le teint de Clara reprenait un peu de sa couleur. Sous la table, à l'abri des regards, ma jambe a caressé la sienne dans un lent mouvement de va-et-vient, un frôlement sensuel qu'elle m'a rendu sous la forme d'une œillade pleine de tendresse.

Je regardais Clara se régaler de la cuisine de Symone et je pensais… Où allions-nous donc ainsi, elle et moi ? Contre quel mur nous apprêtions-nous à nous fracasser en y fonçant tête baissée ? Assis sous les néons frémissants, je ne pouvais m'empêcher de m'interroger sur la route que nous serions appelés à suivre quand, une fois notre séjour au Thank God terminé, chacun retournerait forcément à sa vie.

Mais quelle vie?

Toutes ces questions sans réponses tourbillonnaient dans mon esprit à une vitesse folle; on aurait dit que ma tête était une Maytag à spin. Cependant, rien n'y paraissait. À mesure que la place se vidait de son monde, je continuais à siroter mon vino tranquillement, rien que pour étirer le temps, pendant que Bing Crosby nous berçait de son inoubliable *I'll Be Home for Christmas*.

— *Home*, que j'ai lancé avec dépit au milieu de la table. *What the fuck is that, anyway*, veux-tu bien me le dire?

Clara m'a alors regardé, silencieuse. Ses mains cherchaient son téléphone, et ses beaux yeux bleus avaient soudain tourné au gris. En grimaçant, elle a pris un cachet sans cérémonie, comme on gobe un Tic-Tac. Clairement, je n'étais pas le seul à supputer mes options et à réfléchir à l'incertaine suite des choses. N'avais-je pas surpris Clara, la nuit précédente, en train de ressasser sa vie, debout devant la fenêtre, la glabelle renfrognée et les lèvres pincées, aux prises avec mille pensées contradictoires? Au lieu de la ramener sous les draps, j'avais préféré feindre le sommeil, lui laisser ainsi toute la latitude nécessaire pour évaluer ses alternatives et farfouiller ses souvenirs à sa guise sans se sentir épiée.

Qui sait, peut-être étais-je simplement en train de tirer des plans sur la comète, comme sont enclins à le faire tous ceux qui ont l'habitude de voir s'abattre sur eux, l'une après l'autre, toutes les calamités du monde, ces bad luckés, en somme, qui avancent dans la vie avec au-dessus de leur tête une bonne étoile qui dort au gaz.

N'empêche, il me semblait que l'heure des adieux approchait, je pouvais presque l'entendre siffler au loin, comme un train. J'avais beau me creuser la cervelle, je ne voyais vraiment pas comment une histoire aussi improbable que la nôtre pouvait finir autrement qu'en queue de poisson.

*

Nous sommes restés là, à faire la passe à la bouteille de rouge tandis que grossissait l'éléphant dans la pièce. Dans un élan sentimental qui me surprit moi-même, je choisis ce moment d'angoissant flottement pour attacher au frêle poignet de Clara ma vieille gourmette en or où se lisait, sur une plaquette, mon nom en lettres gravées, une poussière de diamant incrustée au-dessus du *i*. Je lui en faisais cadeau, de cette chaînette, comme d'une amulette qu'elle pourrait serrer contre son cœur quand elle serait repartie tenter de rattraper au lasso un passé qui n'avait pourtant plus rien à lui offrir. Oui, j'espérais qu'elle serait pour Clara un gri-gri, un talisman capable d'adoucir les amères déceptions qui, j'en étais sûr, parsèmeraient tout son parcours jusqu'à l'inévitable cul-de-sac. Mais pour moi, c'était une tout autre histoire. Ce bracelet, c'était surtout un cri. Un cri du cœur, de douleur autant que d'espoir, que je mourais d'envie de pousser, mais qui me restait jammé dans la gorge comme une poignée de boules d'ouate : NE M'OUBLIE PAS.

Moi qui ai la vanité de me croire revenu de tout, je peux vous dire qu'il m'a fallu tout mon petit change pour ne pas tomber raide mort lorsque Clara, qui avait vu clair dans mon geste, a longuement posé ses lèvres sur les maillons usés.

À n'en pas douter, nous en étions au début de la fin.

*

Bob avait repris sa place sur son tabouret habituel, en face du petit téléviseur où jouait *The Grinch*. Il riait en se tapant sur les cuisses, tombant presque à la renverse devant chacune des pitreries du désopilant Jim Carrey. Rond comme une queue de pelle, il enfilait les bières et les sacs de chips en s'essuyant la bouche tantôt du revers de la main, tantôt du bout de la manche. Joli spectacle. Clara profita de ce que Symone avait appelé Bob un instant à la cuisine pour aller déposer en douce un cachet dans sa bouteille, après quoi elle regarda sa montre avec un sourire. Selon ses prévisions, à vingt-trois heures, le gros pitbull ne serait plus en mesure d'aboyer, et encore moins de mordre.

CLARA

Symone vint frapper discrètement à la porte de la chambre vers la fin des nouvelles du sport. Selon ses dires et pour une raison qui lui échappait, Bob était encore une fois sur le carreau, mais toujours affalé devant l'écran de télé. Elle avait eu beau le brasser, elle n'avait su tirer de lui que des invectives incohérentes. Tu m'étonnes. Une fois débarrassée de son manteau, mais encore coiffée de son bonnet du Canadien, elle s'installa dans le fauteuil pour donner à boire à Oprah, qui se jeta sur le biberon comme la misère sur le pauvre monde.

Richard se gratta la tête en regardant par la fenêtre, l'air d'un gars soucieux de peser ses mots avant de parler.

— T'en penses quoi, toi, de Pouliot?

— Rien de bon, répondit Symone. Si tu veux mon avis, c'est un ripou.

— Et qu'est-ce qui te fait dire ça?

— Je le sais. C'est tout. Ça coule de source, disons. Franchement, depuis le temps, il me semble que Pouliot a eu toutes les occasions d'épingler Bob pour l'ensemble de son œuvre, c'est-à-dire la multitude de petites affaires pas legit qu'il brasse on the side. Le recel de voitures et d'ordis, par exemple, la contrebande de cigarettes, la vente de guns volés. Des crimes sans envergure, quoi, qui demandent peu de jarnigoine, évidemment. Parce que, entre nous, on est loin de *Ocean's Eleven*, si tu vois ce que je veux dire. C'est quand même pas Bob qui a inventé le bouton à quatre trous, je ne vous apprends rien. À toi je peux bien l'avouer, je ne compte plus les bagnoles qui ont atterri ici dans le fond de la cour pour être ensuite vendues en pièces détachées à des petits escrocs de son espèce.

Devant le silence de Richard, Symone poursuivit son raisonnement.

— Au début, j'ai même pensé que Pouliot faisait partie de la gammick. Sinon, comment s'expliquer qu'un flic ferme à ce point les yeux sur ce qui se trafique carrément sous son nez? Mais non, tout indique que je me trompais. C'est en tout cas ce que j'ai compris quand un jour j'ai cuisiné Bob à propos de Pouliot.

Richard écoutait tout en tripotant son briquet.

— Il m'a clairement fait entendre qu'il détenait de l'information susceptible de détruire la vie de Pouliot.

De quoi l'envoyer derrière les barreaux pour un sacré bout de temps. Autrement dit, Pouliot mange dans la main de Bob, non pas parce que ça l'enchante, mais parce qu'il n'a pas le choix. La chambre froide, que Bob ferme à clé chaque fois qu'il en ressort, tu crois vraiment qu'il n'y a que des navets, là-dedans? Mon feeling, c'est qu'il doit y avoir aussi, bien caché, de quoi faire chier dans leur froc des grosses pointures de la région. Et pas que Pouliot.

— T'as une idée de ce que ça peut être?

— Non. Mais ça ne coûte rien de chercher.

Chapitre sept

CLARA

Au petit matin du 16 décembre, sans s'annoncer, un terrible corset d'angoisse me sangla solidement, opprimant tout le territoire sous sa férule. Il me semblait que ses buscs de métal comprimaient mes poumons et broyaient mon cœur comme on écrase une tomate mûre entre ses doigts. L'hégémonie soudaine de la peur me laissait haletante et tremblante, envahie par l'affreuse sensation de ne plus m'appartenir.

La paix relative qui s'était installée en moi depuis que j'avais fui ma maison et ma vie pour finalement faire la rencontre de Richard dans cette misérable bicoque cédait maintenant la place à un mélange de culpabilité, de frayeur et d'ambivalence. Les yeux grands ouverts dans l'obscurité, je me sentais suspendue au-dessus d'un vide abyssal. J'étais une funambule prise de vertiges et sans attaches, une pauvre petite chose forcée d'exécuter des acrobaties risquant de la faire chuter à tout moment dans le gouffre sans fond d'où nul ne revient jamais.

Avant de finalement s'apaiser, la crise avait atteint son paroxysme sous la forme d'un tsunami qui me dépouilla de mes dernières certitudes. Ballottée entre la gratitude et les regrets, l'espoir et la désillusion, la résignation, le courage, le sens du devoir et l'envie de tout foutre en l'air pour repartir à zéro, on aurait dit que je me trouvais debout à la croisée des chemins, contrainte de choisir sur l'heure une direction à donner à mon existence. D'un côté se dessinaient les contours d'un avenir possible aussi lumineux que le soleil, et de l'autre, malgré mon profond désir de m'en détourner, se dressait mon passé qui me retenait par le collet. J'avais beau m'accrocher, les parois de ma vie étaient lisses, comme le chantait Aznavour, et je glissais lentement vers ce que je croyais être ma destinée : *Mourir d'aimer*.

Allongée sur le dos, je caressais du bout des doigts la gourmette de Richard, me demandant si j'allais me laisser mener par cette mauvaise conscience qui, telle une queue de veau, suit perpétuellement et sans raison les femmes depuis la nuit des temps. Et puis une autre voix se faisait entendre : voulais-je vraiment être cette écervelée qui, sur un coup de tête, lance toute sa vie par-dessus bord pour un beau routier, simplement parce qu'il a le don d'aimer ? Mettre le grappin sur son bonheur et préserver sa dignité constituait assurément un beau défi de croissance personnelle. Mais cela méritait-il qu'on en fasse toute une histoire? Peut-être après tout ne s'agissait-il là que de simples caprices de bonne femme égocentrique? Un trip de *me, myself and I*?

«Impose ta chance, serre ton bonheur, et va vers ton risque. À te regarder, ils s'habitueront[2].» Facile à écrire, monsieur le poète, quand ta vie n'est qu'une suite de lyrismes. Franchement j'aurais bien aimé qu'on puisse un jour s'en parler en se regardant dans le blanc des yeux, toi et moi, rien que pour te faire voir l'autre côté de la médaille.

*

À mon plus grand étonnement, je me rendais compte que la souffrance et la solitude des dernières années n'avaient pas altéré ma volonté de demeurer, contre vents et marées, la gardienne d'un fort pourtant déserté depuis longtemps. Car moi partie, dans les bras de qui, je vous le demande, allait bien pouvoir se jeter l'enfant prodigue, ma Sabine, mon amour, advenant son retour d'Hollywood comme d'autres reviennent des enfers, couverts de brûlures?

Quelque chose en moi refusait d'en démordre. Une petite flamme d'espoir continuait de trembler au

---

2. René Char, *Les matinaux*, Gallimard, 1950.

fond de mes cafardeux renoncements. D'ailleurs, des miracles ne s'étaient-ils pas déjà produits? Des amours laissées pour mortes n'avaient-elles pas repris vie, infrangibles et plus ardentes encore que jamais? Qui sait, la magie de Noël parviendrait peut-être à attendrir l'âme de Sabine et à faire naître enfin, dans la poitrine vide de Bernard, un cœur tout beau tout neuf et débordant d'amour?

Si seulement j'avais su. Mon Dieu, si j'avais su.

Hélas, j'ignorais encore tout. Alors, comme une pauvre idiote, de peur de rater ce rendez-vous tant attendu avec ma fille et mon mari, je répugnais à prendre l'embranchement qui s'offrait à moi, pourtant bordé de fleurs et baigné de lumière.

«Ne baisse jamais les bras, dit le proverbe arabe, tu risques de le faire deux secondes avant le miracle.» Voilà ce que je ne cessais de psalmodier, pour garder à distance la tentation de me laisser aller à l'envie folle de souder mon cœur à celui de Richard.

*

Le jour se levait. Il y avait de la fébrilité dans l'air, comme toujours à l'approche des grands départs. Même Richard dormait d'un sommeil agité, tandis qu'Oprah, semblable aux vaches couchées dans les champs, les oreilles dressées et les yeux grands comme des trente sous, sentait venir la fin des haricots.

Richard se tourna vers moi dans le lit pour caresser mon visage. Il avait ses yeux tristes et son sourire de bon gars.

— J'ai fait de la route toute ma vie, Clara. Chercher son chemin, je sais ce que c'est. J'ai emprunté tous les détours, pris tous les short cuts. J'ai roulé sur des highways, des routes secondaires, et même dans la garnotte. J'ai manqué de gaz souvent. J'ai fait des flats, pogné la pluie pis des fois le champ, reculé dans la bouette, skiddé dans la neige. Aujourd'hui, la seule chose que je peux te dire, c'est que tous les chemins mènent à Rome. L'important, ma belle, ce n'est pas tant par où tu passes, c'est où tu vas.

Chapitre huit

SYMONE

Je n'ai pas eu à fouiner bien longtemps pour mettre la main sur ce qu'on cherchait. Une fois que Bob, soûl comme une botte, s'est finalement échoué dans le lit tel un rorqual à moitié mort sur la rive, j'ai pu m'emparer de son trousseau de clés sans le réveiller. Puis j'ai tiré les rideaux, éteint la lumière et déguerpi en vitesse.

Il était un peu plus de minuit quand je me suis attaquée à la vaisselle sale et aux quelques chaudrons qui traînaient encore à la cuisine, après quoi j'ai préparé les tables en vue du petit-déjeuner. Les reins en compote et les pieds endoloris par toutes ces heures passées debout à servir une bande de bâfreurs, j'ai renouvelé le stock de berlingots de crème dans le frigo, de même que les petits contenants de beurre et de confitures. Le vent était tombé. Hormis les clés qui tintaient au fond de la poche de mon tablier, on n'entendait que le ronron de la fournaise.

J'ai jeté un œil sur la porte, juste au cas où Bob se serait réveillé et qu'il se serait mis en tête de se traîner jusqu'ici pour voir ce que je glandais si tard dans la place. Des plans pour manger une bonne volée. Mais il n'y avait rien à l'horizon, tout le Thank God ronflait sur le dos la bouche ouverte sous la lune de décembre. J'avais donc le champ libre pour me livrer à ma petite enquête sans être inquiétée.

La chambre froide regorgeait de caisses de bières et de sacs de chips. Elle était aussi remplie de pommes de terre, de carottes, de navets et d'oignons, ainsi que de poches géantes de Minute Rice. Le long du mur de gauche, Bob avait empilé une couple de centaines de boîtes de conserves de petits pois, de haricots Green Giant et de purée de tomates, à côté de sauces barbecue Gattuso et de contenants d'épices variées. Pas exactement le fin du fin, disons, mais de quoi nourrir abondamment une clientèle d'abrutis qui de toute manière préférait qu'on lui serve, avec son bœuf cramé, ses asperges molles de chez molles, et qui n'était par ailleurs pas foutu de faire la différence entre de la mousse à raser et une Chantilly.

Contre le mur du fond, on pouvait voir une grosse réserve de champignons déshydratés ainsi que des pots de bouillon de poulet en poudre. En valsant, la petite ampoule suspendue au milieu de la pièce jetait un éclairage glauque sur l'ensemble des denrées. J'avais l'impression de me trouver au cœur du bunker de l'un de ces survivalistes rongés par la peur de voir un jour une pluie d'astéroïdes foncer sur tous les Super C de la terre et emporter avec elle la totalité des boîtes de sardines disponibles.

Dans le grand congélo format sarcophage se trouvaient les viandes, les poissons et la volaille, en plus des gros cartons de glace à la vanille. Je n'ai eu qu'à déplacer deux ou trois items pour apercevoir, sur la gauche, des dizaines de paquets de cigarettes de contrebande ensachés dans des Ziploc. Moi qui redoutais vaguement de tomber sur quelque macchabée démembré à la tronçonneuse, comme dans les films, j'en étais quitte pour pas grand-chose, au final.

J'ai tout mis sens dessus dessous, je ne trouvais rien qui puisse incriminer Pouliot pour quoi que ce soit. Mis à part quelques armes à feu de petit calibre cachées dans des poches de riz ainsi qu'une grosse quantité de montres de luxe de contrefaçon, l'inspection de la chambre froide ne m'a révélé aucun secret de Bob que je ne connaissais déjà. À ma grande déception, ma mission faisait chou blanc. Si Bob avait planqué des éléments inculpant Pouliot dans une sordide affaire, c'était, visiblement, ailleurs que là.

J'allais tirer la chaînette pour éteindre et repartir bredouille quand un détail de rien du tout attira mon
attention. Presque entièrement cachée par une empi-
lade de caisses de pommes, une petite porte de métal
se détachait du mur de béton. Pour la déverrouiller,
j'ai dû utiliser l'une des clés du trousseau de Bob et
zigonner dans la serrure un bon moment. Quand elle
s'ouvrit en criant sur ses gonds, deux souris s'échap-
pèrent au pas de course, entraînant dans leur sillage
leur ribambelle de souriceaux. À première vue, j'étais
devant un trou complètement vide. Mais à moi, on
ne la fait pas. Car il aurait été surprenant qu'un mec
n'ayant rien à cacher se donne la peine de fermer cette
porte à clé. En balayant tout l'espace de ma main,
je finis donc par tomber, à tâtons, sur un MacBook
déposé tout au fond.

L'appareil s'alluma sous la simple pression de mon
index. La boîte de courriels était vide et la corbeille
aussi, tandis que l'App Store, de son côté, présen-
tait une multitude de jeux destinés à des tarés pour
les aider à passer le temps. Pas de doute, cet ordi-là
appartenait bien à Bob.

Finalement, c'est parmi les téléchargements de vidéos
datant de cinq ans que, épouvantée, je découvris le
pot aux roses. À l'évidence, toutes les images avaient
été filmées en plein été, à travers la fenêtre d'une
chambre où se reflétait clairement l'enseigne lumineuse du Thank God. Sur la dernière vidéo, on pouvait

même entendre retentir la voix familière de Bob, à la toute fin, comme une menace proférée contre les trois hommes surpris en plein délit.

— Ah ben ! Ça va être beau, demain, vos grosses faces dans le journal !

La nausée m'a étreinte et les larmes me sont monté aux yeux avec la force d'un geyser dès que j'ai compris la game de chantage qui se jouait depuis toutes ces années. Voilà donc ce que détenait Bob non seulement contre Pouliot, mais aussi contre le maire Lemieux et le chef de police Racine, pourtant connu, celui-là, pour son assiduité à la messe dominicale de l'église du village. C'était donc ça qui permettait à Bob de poursuivre ses activités illicites en toute impunité, et qui poussait Pouliot, cette immonde raclure, à se répandre en salamalecs à chacune de ses visites au Thank God. Plutôt que de dénoncer les trois hommes, Bob s'était servi de leur crime odieux pour garder ses escroqueries secrètes. C'était son silence contre le leur, si on peut dire, sans que jamais, pendant tout ce temps, aucune pensée pour les victimes ne vienne troubler ses nuits ou sa conscience, encore moins le convaincre de balancer aux flics le diabolique trio.

Je me précipitai dans le petit bureau de Bob attenant à la cuisine où je trouvai, dans un tiroir, parmi les trombones et les gommes à effacer, une clé USB sur laquelle je téléchargeai les vidéos. Puis j'éteignis l'appareil. En tremblant, je reverrouillai la petite porte de métal avec un goût de bile dans la bouche, après quoi je replaçai soigneusement les caisses de pommes en poussant des ahanements de vieille obèse. Puis je quittai la chambre froide, le Mac sous le bras, avant de mettre mon manteau et mon bonnet, et de plonger ensuite tout le casse-croûte dans le noir, laissant ainsi les gros nichons de Samantha rutiler dans un rayon de lune semblable à un follow spot du Moulin Rouge.

Arrivée à la chambre, je glissai promptement le Mac entre le sommier et le matelas, et remis le trousseau de clés à sa place. Je m'allongeai tout habillée aux côtés de Bob qui, entre-temps, n'avait pas bougé d'un iota. Puis les deux mains posées sur mon gros ventre, la clé USB enfouie au fond d'une botte, j'entrepris d'attendre l'aube avec impatience, les yeux écarquillés et la tête remplie d'idées vengeresses.

CLARA

Il ne devait pas être beaucoup plus tard que sept heures lorsque Symone frappa à la porte de la chambre. Dehors, il faisait un froid terrible qui s'infiltrait à l'intérieur par les fenêtres mal isolées, et qui au passage les tapissait d'une dentelle de glace que je grattais du bout de l'ongle en cogitant.

Richard était sous la douche et Oprah sommeillait. Quand j'ouvris la porte, la bichette s'approcha de Symone, alors que celle-ci, dans un silence de mort, me remit une pile de serviettes propres. D'un air grave qui me ficha la trouille, elle en souleva aussitôt un coin pour me permettre de bien voir l'ordi sur lequel était apposé un post-it où se lisait VIDÉOS. Puis elle laissa ensuite sur la table de formica les verres de plastique habituels, enveloppés de cellophane, ainsi que les savonnettes miniatures et un rouleau de papier-cul. Sans dire un mot, elle retourna à son charriot poursuivre sa distribution aux autres occupants du motel, son ventre fendant le vent telle la proue d'un brise-glace.

*

Quand Richard émergea de sous l'eau chaude, le corps nu, souple et brûlant, j'avais déjà caché le Mac en lieu sûr, ravalé mes sanglots et finement ficelé mon plan de châtiment. Vêtue de pied en cap, je m'apprêtais à sortir au moment où il s'approcha pour m'enlacer.

— Tu t'en vas où, comme ça?

— Chez Patrick. Figure-toi qu'on manque encore de lait de chèvre.

— Tu veux que je t'accompagne?

— Pas la peine, que j'ai dit, trop pressée d'engager la première étape du scénario impitoyable que j'avais mis au point sans en éprouver la moindre honte ni même l'ombre d'un scrupule, vu les infamies que montraient les vidéos.

Ne dit-on pas que l'on doit combattre le feu par le feu? N'est-il pas écrit, dans le livre de l'Exode : « tu paieras vie pour vie, dent pour dent, brûlure pour brûlure, blessure pour blessure » ? Autant l'avouer, présenter la joue gauche, très peu pour moi. Encore une idée maso de ce pauvre Jésus, qui a dû s'emmêler les pinceaux plus d'une fois après avoir levé le coude gratis aux noces de Cana, par exemple. Ou après avoir chopé une insolation en marchant sur les eaux en plein midi devant une foule épatée. Il faut dire que porter le salut du monde sur ses épaules n'a pas dû être de tout repos pour lui. Franchement, j'en connais un qui, au bout du compte, n'était probablement pas fâché que ça finisse.

Bref, peu importait le prix que je risquais d'avoir à payer au bout de ma route, je comptais bien mettre mon implacable machination à exécution sans bouder mon plaisir. Car je devais forcément admettre que la vie m'offrait sur un plateau d'argent une grâce que je n'espérais plus, c'est-à-dire un rôle taillé sur mesure pour moi, celui de Némésis, fille de la Nuit et déesse de la Vengeance. Voilà. C'était enfin, croyais-je, l'occasion de mériter à nouveau mon titre de mère devenu inavouable, pour ne pas dire fallacieux, depuis que je n'avais su empêcher Sabine d'aller se perdre avec Gaspard dans ce que j'imaginais être les dédales d'une existence dissolue. Avec ce plan, je devenais redresseuse de torts, je reprenais du galon et ma vie renouait avec le fil du divin. Car malgré les apparences, mes intentions étaient on ne peut plus nobles. Après tout, qu'y a-t-il de plus honorable que de tendre vers l'éradication du Mal et la destruction des outils ayant permis de le perpétrer ?

Quand Dieu ferme une porte, certains disent qu'il ouvre une fenêtre. Tout en parcourant le chemin cahoteux vers chez Patrick, je me répétais qu'il fallait saisir sa chance quand elle se pointe, battre le fer pendant qu'il est chaud. Tant pis pour l'adage qui prétend le contraire : il n'y a que pour les dégonflés que la vengeance est un plat qui se mange froid. Qui, à part les pleutres et les pusillanimes, préfère laisser à d'autres le soin de châtier les chevaliers du Mal ? Pour habiller d'un semblant de décence leur misérable lâcheté, ces prétendus modèles de vertu osent se draper dans les couleurs de la tolérance et du pardon.

Patrick me vit arriver de loin. Le visage enfoui dans la fourrure de sa chapka, il avança à ma rencontre du pas lent et élastique de ceux qui ont l'habitude du froid.

— Comment va Oprah ? fit-il, la guédille au nez et la barbe bordée de givre.

— Aussi bien que possible. Mais je ne te dis pas comme elle boit ! Je peux encore te prendre du lait ?

Bourrassés par le vent septentrional, nous nous étions engouffrés dans une pièce du bâtiment où Patrick gardait ce qu'il fallait pour soigner son troupeau, le tout minutieusement rangé sur des étagères de bois qu'il avait assemblées de ses mains. Il y régnait une odeur animale réconfortante et une chaleur envoûtante qui donnaient envie d'y passer la journée à lire et à boire du thé, bercé par le béguètement des chèvres et le tintement de leur cloche, à moins d'avoir, comme moi, bien d'autres chats à fouetter.

Pendant que Patrick fouillait dans le grand frigo pour y prendre les bouteilles de lait, un miracle se produisit. Son téléphone sonna. Il se jeta dessus en s'excusant pour ensuite s'éclipser dans une autre partie du bâtiment, ce qui me laissa la voie libre. J'interprétai ce coup du hasard comme un aval de la Providence, une sorte de feu vert donné par les anges qui ne crachent jamais sur un peu de renfort.

C'est donc la conscience tranquille que je fis le tour des tablettes en vitesse. Je repérai en moins de deux une paire de gants protecteurs et un vase de Dewar rempli d'azote liquide que je m'empressai d'aller porter en catimini dans le coffre de ma voiture. C'était tout ce qu'il me fallait pour atteindre mes visées, tout ce dont j'avais besoin pour qu'enfin justice soit faite. Ça, et à bien y penser, peut-être aussi un marqueur Sharpie, question d'ajouter une cerise sur le sundae. Chacun sait que le diable est dans les détails.

Moi qui m'étais toujours demandé à quoi pourraient bien servir les cours de chimie que j'avais dû suivre pour devenir infirmière, on pouvait dire que j'avais trouvé ma réponse.

*

En à peine quelques heures, les choses se sont mises à débouler à une vitesse folle. Alors que j'avais passé la journée à me tourmenter à savoir où et quand j'allais tout mettre en œuvre, l'univers se chargea d'orchestrer la suite des événements avec un sens du timing que je n'aurais jamais cru possible. Demandez et vous recevrez.

Ce soir-là, après avoir une fois de plus pimenté de Dilaudid la bière de Bob, nous avons, Richard et moi, traînassé au resto un peu plus longtemps que d'habitude. Nous repoussions le moment de rentrer à la chambre vu la quantité de neige qui s'était mise à tomber, épaisse et moelleuse comme des peaux de lapins. Je portais une petite robe de laine d'Oscar et une paire de cuissardes noires issues de la collection Saint Laurent, un modèle hissé au rang d'œuvre d'art selon le *Women's Wear Daily*, que les flocons auraient tôt fait de ruiner à jamais. Alors tout en y allant allègrement dans le porto que Symone avait eu la brillante idée de nous offrir, on attendait que ça cesse, histoire de ne pas foutre en l'air les cinq mille valeureux dollars dont l'achat de ces bottes m'avait délestée. Au lieu de se calmer, la chute de neige gagna en intensité, si bien que lorsque le vent se mit de la partie, je déclarai qu'on n'était pas sortis de l'auberge.

— Eh ben! Si tu penses que je vais laisser une foutue paire de bottes venir me dicter l'heure à laquelle me mettre au lit avec toi, autant te dire tout de suite que ça ne risque pas d'arriver, a répliqué Richard en me soulevant de terre, pressé de profiter au mieux de sa bandaison naissante.

*

Nous étions à peine rentrés, passablement pompettes et gloussant comme des gamins, les mains baladeuses et le désir à son comble, quand un cortège de moto-neigistes arriva dans le parking. En fermant les yeux, on aurait cru à un concert de scies mécaniques que l'écho de la forêt répercutait à l'infini, ce qui rendait Oprah dingue d'anxiété.

Affolée, Symone vint frapper à notre porte. Dans tous ses états, elle réclamait mon aide pour préparer quelque chose à manger à toute cette bande, Bob étant encore une fois tombé au combat avant son temps.

— Je n'y arriverai jamais toute seule! pleurnichait-elle dans son tablier taché. Ils sont au moins quarante! Tu t'imagines?

Sans hésiter une seconde, je troquai mes cuissardes contre mes bottes fourrées de mouton et je remis ma parka. Ce n'est pas une poignée de zoufs qui me ferait perdre mes moyens! Oh que non! Alors, me tournant vers Richard qui, le pauvre, avait espéré finir la soirée sur un tout autre registre, j'annonçai que l'heure n'était plus aux ébats mais bien au spaghatt. À ces mots, Richard, la falle soudain basse, ronchonna faiblement.

— Pour l'amour du ciel, dis-je, ne viens pas rouspéter. Vois plutôt le bon côté des choses. À ce que je sache, un peu d'entrain n'a jamais tué personne. Serveur, ça fera une corde de plus à ton arc quand t'en auras ras-le-bol de ton camion.

Richard a levé les yeux au plafond, ce qui ne l'a pas empêché d'aussitôt reboucler sa ceinture et de revêtir son jacket, prêt comme un scout à venir avec moi mettre l'épaule à la roue.

— Parmi tout ce beau monde, il y a Pouliot, m'a dit Symone à l'oreille, le regard plein de sous-entendus. Mais il y a aussi le maire Lemieux et le chef de police Racine, ses grands complices, si tu vois ce que je veux dire.

— Pas la peine de me faire un dessin, Symone, que j'ai répondu, soudain toute ragaillardie de constater que les astres étaient toujours de mon bord. Je serai on ne peut plus ravie de faire leur connaissance.

*

Après m'être emparée, ni vu ni connu, du cellulaire de Bob, j'ai demandé à Richard, sous prétexte de vouloir faire de la place, de le transporter jusqu'à sa chambre, là où il pourrait cuver sa bière et ses pilules en paix. Pendant ce temps, Symone et moi nous sommes lancées dans l'improvisation d'une sauce aux tomates, à l'ail et à la chair de saucisse qui nous tirerait de l'embarras. Avec un brin de Ricardo par-ci et une touche des recettes du papa de Symone par-là, nous en sommes arrivées à créer en un temps record un fin mélange de goûts et de textures qui embaumait la pièce en mijotant. Même Richard, pourtant profane en matière culinaire, réalisa la prouesse de donner à l'insipide laitue iceberg une saveur inédite et pleine d'originalité. Grisés par les arômes qui flottaient dans l'air sous les guirlandes de Noël, les motoneigistes se laissaient entraîner par la musique de circonstance que diffusait la radio, certains se contentant de taper du pied au rythme des airs traditionnels, tandis que d'autres, désinhibés par l'alcool et persuadés d'avoir du talent, beuglaient carrément les paroles sous le regard ahuri de leurs compagnons de table qui redoutaient d'en devenir sourds.

Pendant que la sauce frémissait sur le feu, que les pâtes cuisaient à gros bouillon dans l'eau salée, que les clients s'empiffraient à cœur joie des antipasti improvisés et qu'ils trinquaient au picrate acide et indigeste sans penser à la gueule de bois du lendemain, j'ai enfilé mes mitaines et je me suis rendue jusqu'à ma voiture chercher le contenant d'azote et les gants protecteurs pour aller ensuite les déposer au pied de la porte extérieure donnant sur la cave. Puis j'ai repris le chemin de la cuisine, tout sourire, pour entamer le service.

J'ai vite repéré Pouliot qui en était aux dernières gouttes de son verre de crème de menthe.

— Heille, me demanda-t-il, quand je m'approchai pour lui en servir un deuxième, voulez-vous bien me dire où est passé Bob ?

— *God knows*, mon ami.

— C'est bien tant pis pour lui. Dommage qu'il manque tout ce beau party là, a rétorqué Pouliot alors que, toujours accorte et enjouée, j'ai secrètement ajouté à son verre trois comprimés qui se sont aussitôt désagrégés entre les glaçons.

Quant à Lemieux et Racine, ses deux comparses qui avaient tout entendu de la conversation, ils ne perdaient rien pour attendre. Comme on dit, la soirée était encore jeune. Emportés par l'ambiance festive qui régnait tout autour, les trois bozos levèrent obséquieusement leur verre à la santé du grand absent.

— À notre chum Bob, le roi de la place, a proclamé Lemieux, qui, en sa qualité de maire, était rompu aux discours lénifiants.

— C'est ça, a renchéri l'autre épais. À notre gros Bob qu'est pas icitte !

Un boniment qu'a aussitôt repris en chœur l'ensemble des motoneigistes.

— Au gros Bob !

Quand Pouliot, victime de sa vieille prostate, fut pris d'une envie pressante de se rendre aux toilettes, c'est à peine si ses jambes arrivèrent à le supporter. À le regarder ainsi flageoler, je me suis dit qu'il était mûr pour un petit séjour à la cave rempli de surprises, une expérience dont il allait conserver à jamais les pires séquelles, bien qu'aucun souvenir.

En passant, je frôlai la table où était installée cette saleté de *monsieur le maire*, ce qui me permit de laisser tomber aussi trois comprimés dans son verre de rouge. Discrètement je me dirigeai ensuite vers Pouliot qui dans le couloir continuait à tanguer comme une vache folle à la recherche des urinoirs. Ce fut une affaire de rien que de le faire bifurquer vers le chemin des escaliers conduisant à la cave, où il se laissa guider sans rouscailler. Là, je n'eus qu'à le pousser du bout du doigt pour qu'il s'écroule sur l'une des chaises de jardin entreposées pour l'hiver, trop heureux qu'il était de pouvoir enfin s'abandonner au sommeil. Puis sans attendre, je récupérai les gants de protection et le contenant d'azote. C'était parti mon kiki.

Je regardai un court instant Pouliot dormir, sa bouche béante laissant voir sa langue tachée de crème de menthe ainsi que ses dents éparses recouvertes de tartre. Mon regard dégoûté passait de ses ongles rongés à ses cheveux coiffés en un tortillon graisseux échouant à camoufler sa calvitie. D'où je me trouvais, je pouvais sentir l'odeur typique qui se dégage des hommes fuyant le savon comme la peste, une senteur où se mêlent les relents âcres de la sueur à ceux des caleçons breneux.

Tout en retirant à Pouliot ses bottes et ses chaussettes, je savais qu'il m'aurait été impossible de faire marche arrière, quand bien même Dieu en personne m'en aurait donné l'ordre. Car ces vidéos où l'on voyait Pouliot en compagnie de Lemieux et de Racine en train de violer trois jeunes filles à peine pubères avaient jeté du sel sur mes plaies de mère. Ce n'était pas seulement les visages et les corps innocents de trois malheureuses fillettes que j'avais vus sur l'écran de l'ordi trouvé par Symone. C'était aussi ceux de toutes les autres petites filles dont les cris de détresse se perdent chaque jour dans la touffeur de l'indifférence et du chacun pour soi. Il faut savoir que, à la seconde où j'avais mis au monde ma propre enfant, j'avais eu la certitude de devenir aussi, dans la foulée, la mère de toutes les filles du monde.

Mais bien sûr, dans ces vidéos, c'était surtout Sabine qui s'imposait à ma vue. Car comment faire autrement, je vous le demande, que d'être hantée par le doute après toute cette affaire entourant le procès de Da Costa, et cela en dépit des dénégations répétées de Sabine. Qui sait si, sous les giclées de la semence de ces salauds puants et lubriques, les haut-le-cœur de ces enfants n'avaient pas un jour été ceux de Sabine? Se pouvait-il que la terreur qui se lisait dans leur regard, pendant que ces rapaces les immobilisaient comme des proies en leur agrippant les cheveux, ait aussi un jour été la sienne? Ma fille avait-elle, oui ou non, brûlé au bûcher de paillards barbares et sans pitié? La question restait entière et continuait de me trouer le cœur nuit et jour, telle un tisonnier incandescent, alors que mon mari, lui, avait clairement fermé le dossier.

Je défis la braguette de Pouliot, qui ne broncha pas. En silence, je restai un court moment à observer sa bite aux allures d'escargot gisant dans ses poils rêches qui schlingaient l'urine, le gland plus rouge qu'une fraise de juin. Puis j'ouvris le vase d'azote liquide, j'y plongeai la chose flaccide jusqu'à ce que s'élève cette vapeur si joliment nommée souffle du dragon. Pouliot gigota légèrement d'inconfort, toujours inconscient. Une trentaine de secondes, c'était tout le temps nécessaire aux moins cent quatre-vingt-seize degrés Celsius pour transformer en un bâtonnet de glace l'organe coupable dont toutes les cellules étaient condamnées à éclater dès que la température grimperait à zéro. Un vrai désastre à l'horizon. Au mieux, ce serait la gangrène, prévenaient tous les scientifiques, au pire l'amputation. En voilà un pour qui c'était fini les folies. N'était-ce pas tout ce qui comptait ?

Pour clore en beauté, je sortis de la poche de mon tablier le Sharpie noir à encre indélébile que j'avais trouvé dans le fourbi de Richard. Et à l'intention des urgentologues qui finiraient tôt ou tard par voir Pouliot se pointer, fou de douleur, j'écrivis PÉDOPHILE sous ses pieds calleux avant de lui remettre ses chaussettes et ses bottes. Puis je remontai à la cuisine attirer un à un dans mon piège les deux autres dégénérés qui, copieusement gavés eux aussi d'alcool et de Dilaudid, furent également forcés de faire trempette chacun à leur tour. Good luck pour la suite, les boys, que j'ai eu envie de leur dire. Il fallait y penser avant.

Je saisis le téléphone de Bob et j'immortalisai la scène. La très courte vidéo montrait clairement le triumvirat déculotté, avec pour finir un zoom sur leurs Mr. Freeze. Un chef-d'œuvre de mise en garde, je peux vous l'assurer, une épée de Damoclès au-dessus de la tête de tous les pervers sans vergogne ni repentir ayant fait l'erreur de croire qu'il était possible d'user de leur machin par la force et sans consentement, et de s'en sortir, fois après fois, d'une simple pirouette. Une bite n'est qu'un prêt, on ne le dira jamais assez. En cas d'utilisation ignominieuse, il pourrait toujours y avoir une personne qui, pour le bien commun, n'hésiterait pas à vous la confisquer et à vous obliger à pisser assis ad vitam æternam. Voilà ce qu'enseignait cette vidéo qui allait bien finir, un jour ou l'autre, par faire son bonhomme de chemin et se retrouver sur YouTube, l'insoutenable ayant maintenant la cote chez les internautes friands d'atrocités.

Tout en conservant les gants de protection, je saisis de nouveau le contenant d'azote et je courus en direction de la chambre où Bob dormait encore profondément. Sans traîner, j'imprimai la marque de ses doigts partout sur le vase de métal froid que je cachai ensuite dans son barda, au fond d'un tiroir, puis je remis le cellulaire dans sa poche, avant d'envoyer les gants sous le lit. Enfin, galvanisée par la satisfaction du devoir accompli, je retournai, l'air de rien, aux fourneaux.

Au bout du compte, il ne m'avait fallu que quelques minutes pour neutraliser trois armes de destruction massive ayant décimé des enfances entières. Et guère plus pour m'assurer que Bob subisse enfin les conséquences de son silence et de son je-m'en-foutisme indécent. Qu'importait qu'il n'ait pas commis le crime pour lequel il finirait indubitablement par être jugé coupable, vu les preuves. L'essentiel était que Bob soit puni. Point à la ligne. Pas mal, non, pour une petite bourgeoise égrotante et oisive ? Finalement, il m'avait suffi de faire œuvre utile pour enfin transformer ma pauvre vie ratée des dernières années en une existence féconde et riche de sens.

Arrivée à la cuisine, j'embrassai Richard qui, entre deux services, me fit danser sous l'œil attendri de Symone. Au son de la voix de Dean Martin chantant *I've Got My Love to Keep Me Warm*, Richard colla ses lèvres à mon oreille.

— Où étais-tu passée, ma princesse? Ta peau est glaciale!

— Oh, mon beau routier, que j'ai répondu, tendre et langoureuse, surtout ne te fie pas aux apparences. Parce que je peux t'assurer que ce soir, je suis pas mal plus hot que je ne l'ai jamais été.

Tandis que Symone se démenait à servir le dessert et que Richard débarrassait les tables, je me suis demandé ce qu'il restait à sauver de ma vie passée que j'avais tant aimée. Je me suis dit que le temps était venu d'en avoir enfin le cœur net. Alors sans me retourner, je sortis du Thank God à pas de loup.

La neige avait cessé. J'ai noué mon écharpe Chanel au rétroviseur du camion de Richard et je suis passée à la chambre chercher le Mac, mon Birkin et mon *Vanity Fair*, mon téléphone et tutti quanti. Les yeux dans l'eau, je suis montée dans ma voiture et j'ai roulé lentement, tous phares éteints, jusqu'au chemin de traverse, avant de filer sur la 117 et, de là, sur la 15 Sud, la radio dans le tapis et le chauffage à fond, en route vers la plus grande déchirure de ma vie.

RICHARD

C'est complètement par hasard que, par la petite fenêtre du côté, je l'ai vue passer, sa voiture couverte de neige et les wipers au coton. On aurait dit un cupcake. Une affaire pour prendre le champ. J'avoue que ça m'a sonné. Pourtant, on ne pouvait vraiment pas dire que je ne l'avais pas sentie venir, celle-là. J'ai d'abord pensé à sortir en vitesse pour la retenir, mais quelque chose au fond de moi m'en a empêché. Une espèce de foi en l'avenir, je dirais, mais plus que tout une confiance en elle, Clara la forte, Clara la fragile. Clara la brisée recollée au Scotch tape mille et une fois.

Le cœur serré, je l'ai regardée disparaître petit à petit dans la neige fraîchement tombée jusqu'à ce que la nuit noire se referme sur elle. J'ai allumé une cigarette et je suis resté là un bon moment sans dire un mot, appuyé au chambranle de la porte, le torchon sur l'épaule. Puis je suis retourné aider Symone avec les commandes, le service, la vaisselle, tout en blaguant un peu avec les gars. Au petit matin, c'était décidé, je reprendrais la route vers Amos.

On était le 18 décembre. Le party était pogné.

DEUXIÈME PARTIE

Chapitre un

SYMONE

Même après que la petite sauterie avait pris fin, trois motoneiges sont mystérieusement restées garées toute la nuit dans le parking. Pourtant, à quatre heures, quand j'ai fermé, le Thank God était vide et tout le monde avait sacré son camp depuis une mèche. Puis plus tard, à la barre du jour, lorsque je suis sortie entamer ma journée en donnant deux ou trois coups de pelle devant l'entrée, il n'y avait plus aucune trace des engins qui avaient disparu comme par magie. Pouf.

Avant de partir pour Amos, Richard m'a aidée à installer Oprah dans la remise derrière les conteneurs, à l'insu de Bob qui, en la découvrant, n'aurait pas hésité à l'abattre. Pour faire festif, j'ai noué à son cou un ruban Gucci rouge et vert trouvé dans les affaires de Clara, ce qui lui donnait l'allure d'un cadeau de Noël. Nous nous efforcions de paraître enjoués, mais la vérité, c'était que le départ de Clara nous jetait tous les deux, Richard et moi, dans une écrasante mélancolie.

Richard a fini par prendre la route. Sous la lune qui reculait devant l'arrivée du jour, j'ai regardé son camion s'éloigner en restant plantée là jusqu'à ce que le bruit du moteur s'évanouisse. Puis en pleurant comme une Madeleine, je suis allée faire la chambre, laissée elle aussi à l'abandon, la main refermée sur le flacon de pilules que Clara, avant de se barrer, avait glissé dans la poche de mon tablier, le tout accompagné d'un petit mot qui me donnait enfin l'heure juste sur les récents et inexplicables endormitoires de Bob.

Ma biche, je te donne tout ce qu'il m'en reste.
Il te suffit d'en déposer un seul au fond de sa Bud
pour que ton pitbull n'ait plus le moindre mordant.
Clara

Dieu que j'ai ri !

*

Les images des vidéos tournaient en boucle dans ma tête comme un manège maléfique. Depuis que j'avais mis la main sur ce foutu Mac, cette boîte de Pandore, il m'était devenu impossible de regarder Bob sans avoir envie de saisir mon marteau pour lui arranger le portrait, tel que le prévoyait mon plan B. Car dès lors que j'en avais pris connaissance, comment aurais-je pu vivre l'esprit tranquille en sachant que ces crimes étaient restés impunis ? Et pis encore, quelle sorte de mère aurais-je été condamnée à devenir en acceptant de donner à mon enfant un père capable d'assister à une telle profanation, et de s'en détourner ensuite pour mieux s'en laver les mains.

L'heure de la justice viendrait bien à sonner. C'est du moins ce que je me répétais depuis que la veille, pendant la soirée, ayant reconnu parmi le groupe de fêtards le père de l'une des pauvres petites, j'avais enfoncé dans sa poche de manteau, incognito, la clé USB. Ce n'était plus qu'une question de temps, espérais-je, pour que l'homme jette un œil au contenu. Une affaire de quelques jours, tout au plus, avant qu'alertée, la Sûreté du Québec ne s'en mêle et ne mette la main au collet non seulement de Pouliot et de ses acolytes, mais aussi de Bob qui dans toute cette affaire avait dédaigné son plus élémentaire devoir de citoyen.

Le temps passait et pourtant mon cœur ne dégrossissait pas. Clara et Richard me manquaient. Me sentir aimée me manquait. Coincée dans ma noire existence, sans le sou et n'ayant nulle part où aller, je subissais les heures et les minutes comme autant de glas d'une sentence à vie. La nuit, pendant que Bob dormait, je me faufilais jusqu'à la remise pour nourrir Oprah et en retour me gaver de son amour inconditionnel et m'inspirer de sa finesse. Et j'espérais. J'espérais de toutes mes forces que le vent tourne enfin et que le ciel vire au bleu.

*

Il est vrai que depuis cette fameuse soirée du 18 décembre, ni Pouliot, ni Lemieux, ni Racine n'avaient été revus au Thank God. Pas plus, d'ailleurs, que le papa de l'une de leurs petites victimes. Parmi les clients, des rumeurs circulaient selon lesquelles d'obscurs ennuis de santé les avaient envoyés tous les trois aux urgences dans un état jugé plus que piteux. Y avait-il lieu de croire que le père avait pris sur lui de venger les filles? Qui sait? Des ragots prétendaient qu'une enquête policière était en cours au sujet du maire, de Pouliot et de son chef, sans qu'aucun détail ne soit rapporté. C'était mystère et boule de gomme dans la communauté, d'autant plus que l'épouse du maire avait déposé une requête en divorce avant de se tailler en ville avec les mioches, et que ni Racine ni sa femme n'avaient assisté à la messe du dimanche. Du jamais vu depuis que ce salaud s'était tapé une pneumonie après qu'une Reine des neiges de dix ans, pour des raisons que personne n'avait alors cru bon de chercher à élucider, l'avait poussé dans l'eau glacée du lac un soir d'Halloween, entièrement vêtu de son uniforme de policier. Tiens donc.

Puis le matin du 20 décembre, l'inspecteur Poitras est venu interroger Bob.

Plutôt que de le questionner, comme je m'y attendais, au sujet de cette triste soirée du 5 juillet 2017 au cours de laquelle il avait filmé le viol des trois fillettes sans intervenir, l'homme partit dans une direction qui ne fit qu'épaissir la brume dans laquelle je nageais déjà.

— Quand avez-vous vu l'agent Pouliot, le chef Racine et le maire Lemieux pour la dernière fois?

— Ben, un boutte, mettons, a répondu Bob, la mémoire visiblement embrouillée par ses cuites répétées.

— Et où étiez-vous entre vingt-trois heures et quatre heures du matin, durant la nuit du 18 décembre?

Bob me jeta un regard désemparé auquel je répondis par un haussement d'épaules indolent. Après avoir longuement scruté le plafond en se grattant le crâne, il finit par dire, éberlué de n'avoir que cette seule et unique réponse à fournir:

— Alors là, aucune crisse d'idée.

Chapitre deux

CLARA

Je suis rentrée chez moi autour de huit heures le 19 au matin. En chemin, l'envie de faire demi-tour et de courir dans les bras de Richard m'avait tenaillée plus d'une fois, mais le besoin d'aller jusqu'au bout de mes possibles l'emportait sur tout le reste.

Lorsque j'ai mis le pied dans la cuisine, Mariette était déjà là, occupée à polir l'argenterie, comme elle le faisait toujours en prévision des réceptions que mon mari souhaitait autrefois aussi nombreuses que somptueuses tout au long de l'année. Ces soirées, très courues, réunissaient sous le même toit à la fois le gratin de la société et quelques membres des milieux interlopes que seul un œil bien exercé arrivait à repérer. Il suffisait parfois de peu, l'usure d'un oxford, la grosseur d'un nœud de cravate ou la qualité d'un bouton de manchette, pour trahir les tarlas qui s'escrimaient à tenter de donner le change aux gentlemen dont l'élégance naturelle les catapultait hors du terrain de jeu, dans les bleachers de la grande joute des mondanités.

Assise dans un coin, il m'arrivait de m'amuser follement à regarder le trouble démonter les visages au moment où monsieur Pinsonneault, par exemple, faisait son entrée. Venu tout droit de Palm Beach pour l'occasion à bord de son jet privé, aussi bronzé et altier qu'un Monégasque, il saluait les autres invités avec une aisance affable presque déconcertante. Quel délice c'était que de voir, en cet instant précis, les hommes tripoter nerveusement leur mouchoir de poche, replacer leurs lunettes et chasser de leurs épaules ces affreuses pellicules, tout ça dans l'espoir d'être à la hauteur du grand seigneur qu'était Pinsonneault, alors qu'entre vous et moi, c'était peine perdue. Car au rayon du chic, de la déférence et des bonnes manières, ce satané mécène au cœur d'or faisait la barbe à tous et chacun. Sapé comme un prince, chaussé comme un doge et courtois comme pas un, le grand homme faisait l'envie de tous les petits coqs de bas étage qui, plutôt que de monter en grade, perdaient chaque fois plus de plumes à son contact.

Quand, le temps des fêtes venu, les dîners se succédaient, c'est sans discrimination que nous accueillions à notre table une pléthore de constructeux, tels que mon mari se plaisait à les appeler, de politicailleux, d'artistes, d'échevins échevelés, de bonnes gens sans histoire et de péteux de la haute. Tout ce beau monde était ravi de se retrouver année après année pour caler ensemble, à nos frais, du Dom Ruinart rosé, se goinfrer de caviar Almas et s'entre-tutoyer comme cul et chemise le temps d'une soirée où les disparités de leurs origines, de leurs fortunes et de leurs horizons ne comptaient soudain plus que pour des prunes devant leur émouvante humanité commune.

C'était ce que je croyais être les bonnes années, le bon temps, quoi, quand Bernard n'avait pas encore basculé du côté des méchants et que sa rectitude morale et professionnelle n'avait pas encore crochi sous le poids de son avidité. Un siècle avant qu'il ne devienne ce mari insensible et vénal que Revenu Canada se plaisait à poursuivre inlassablement de ses assiduités, avant que son amour du pouvoir ne fasse qu'une bouchée du pouvoir de son amour. La belle époque où, même crevés après le départ des convives, nous trouvions encore l'énergie de nous étreindre comme des fauves affamés dans le grand escalier, heureux de nous retrouver enfin seuls ensemble, au creux de notre nid douillet.

Aujourd'hui, l'envie de gerber me saisit rien qu'en évoquant ces jours passés, et la honte me traverse de ses flèches acérées. Non mais quelle mascarade que ma vie! Un château de carton érigé sur du fumier.

Il faut dire qu'avec le temps, les choses n'avaient fait que se dégrader. En plus de m'avoir exclue des cercles de bienfaisance pour lesquels je me désâmais sans compter, la mauvaise réputation grandissante de Bernard avait fini par me coûter toutes mes amitiés. Le jour où *La Presse* rapporta dans ses pages que mon mari était sous enquête pour malversations, bang, toutes les portes s'étaient fermées d'un seul coup. Partout on me fit comprendre à demi-mot que, vu les circonstances, il valait mieux que je me retire des conseils d'administration dont je faisais partie, question de ne pas saboter, en pleine campagne de financement, la confiance des donateurs. Une manière polie de me laisser entendre que j'appartenais désormais à une engeance maudite. Après tout, qui veut associer son nom et libeller des chèques à un organisme comptant en ses rangs l'épouse d'un homme soupçonné d'escroquerie? Fini, donc, le bénévolat auprès des femmes en difficulté et des cancéreux, le service des repas aux sans-abri. Ce que j'avais de mieux à offrir, c'est-à-dire mon amour compatissant pour tout ce qui souffre, était devenu suspect, pour ne pas dire nuisible. J'étais une fange abjecte dont on craignait qu'elle ne souille le renom et ne barbouille la probité des prestigieux présidents de conseils.

Du coup, j'étais persona non grata chez tous les résidents du voisinage ayant été mis au parfum des rumeurs qui couraient à propos des affaires réputées louches de mon mari. Une véritable paria. Même le coiffeur, ne trouvant prétendument plus aucune plage horaire à m'offrir, m'avait contrainte à confier ma chevelure à d'autres mains, dans d'autres quartiers, au grand soulagement des autres clientes qui affirmaient ne plus supporter ma présence. Il suffisait que j'entre dans une pièce pour que je fasse soudain l'effet d'un vulgaire putois débarquant dans un garden-party.

Si bien que j'avais fini par mettre un terme à toute tentative de vie sociale, me contentant de lire, l'après-midi, ou de siroter un verre de gin tonic en regardant CNN. Quand je ne décidais pas d'aller faire une promenade au parc, et de discuter avec les nannies du coin qui parfois m'offraient un cookie ou encore une friandise philippine avant de rassembler leurs ouailles pour repartir préparer le prochain repas.

Même Sabine, qui, la pauvre, n'avait alors pas encore onze ans, avait fait les frais de la cupidité de son père. Terminées pour elle les fêtes d'enfants et les sorties parascolaires, puisque crinquées par leurs parents, ses petites camarades, encore trop jeunes pour faire la part des choses, prenaient plaisir à lui jeter au visage tout le venin et le mépris des on-dit, l'évitant la plupart du temps comme une lépreuse, ou la tabassant sans vergogne dans la cour d'école dès que la bonne sœur chargée de les surveiller avait le dos tourné.

C'était une bien triste période.

*

Plus tard, quand Sabine m'avait reniée et qu'elle s'était
sauvée en emportant ailleurs l'impétuosité de sa jeunesse, la maison s'était en quelque sorte vidée de son
oxygène. Asphyxiés, les mots bienveillants s'étaient
transformés en paroles acerbes et en humiliations
répétées, la froideur avait supplanté les baisers dans
le cou, et la rancœur chassé la complicité qui, du
moins le croyais-je, nous avait unis jusque-là Bernard
et moi. Malgré toutes les opérations de sauvetage que
j'avais tentées dès les premiers signes d'effritement,
mon mariage ne faisait plus que s'étriquer chaque jour
davantage comme une peau de chagrin, alors que le
chat n'était même pas encore sorti du sac.

*

Maintenant que j'étais rentrée du Thank God, j'errais
à travers la maison qui sentait bon le pot-pourri à
la cannelle et le café fraîchement filtré. La nostalgie
m'étreignait à mesure que je contemplais les nombreuses décorations de Noël installées par Mariette, y
compris le grand sapin qui trônait au centre du hall
d'entrée. Surmonté de son ange doré et flanqué de
sa crèche à l'ancienne, il brillait de tous ses feux en
embaumant l'espace. Dans la chambre de Sabine, où
rien n'avait été modifié depuis qu'elle avait quitté le
nid, les guirlandes lumineuses habituelles avaient été
accrochées aux quenouilles du lit, les boudoirs de soie

remplacés par les coussins de velours vert à motifs de Santa et de renne au nez rouge choisis par Sabine à l'âge de cinq ans. Même le calendrier de l'avent y était. Taillé dans une feutrine ornée de lutins à sequins, il indiquait la date du jour que Mariette prenait soin de changer quotidiennement, jusqu'à celle tant attendue du 24 décembre.

Tout, dans cette demeure cossue, annonçait le temps des réjouissances. Et pourtant moi, Clara, malgré l'éclat des lumières et des bougies, j'avais le cœur en berne depuis que j'avais foutu le camp de ce trou perdu au milieu des ténèbres de nulle part.

Rien pour arranger mon sentiment d'abandon : la messagerie du téléphone était vide, tout comme celle de mon portable. Une fugue de dix jours, faut-il le rappeler, et malgré tout personne pour s'inquiéter de mon sort. C'était un constat désolant qui m'en mettait plein la gueule. Quand je fondis en sanglots, incapable de retenir plus longtemps les effusions de ma tristesse, Mariette resta coite. Non pas par indifférence, comme son visage impassible aurait pu le laisser croire, mais bien par délicatesse. En évitant de me regarder, elle s'affaira à me préparer un thé chaud qui me fit du bien.

Troublée par mes larmes qui continuaient à tomber une à une dans ma tasse de porcelaine, elle posa furtivement sa main fine sur mon dos avant de retourner à son argenterie, toujours enfermée dans ce lourd silence qui en disait si long sur ce qu'elle comprenait de mes angoisses et de mon désespoir. Mieux que tous les mots du monde, ses petits doigts osseux abîmés par les tâches domestiques racontaient la sincérité de son empathie ainsi que les déceptions de sa propre vie que je devinais somme toute semblables aux miennes. Ce geste furtif, à peine perceptible, c'était sa façon de me dire que je n'étais pas seule. Que nous étions nombreuses à faire partie du club des mal-aimées et des laissées-pour-compte.

Nous n'étions plus que des étoiles éteintes, tiens, au beau milieu de tous les scintillements de saison. Des épouses à l'amour-propre souillé et au cœur piétiné, de pauvres idiotes désenchantées ne croyant plus au père Noël depuis un sacré bout de temps, alors que pour moi le pire était encore à venir.

*

Dormir m'était devenu impossible. En dépit des cachets de morphine que j'avais sortis de ma réserve, le glaive de mes douleurs me perforait pendant que roulée en boule, seule au creux de mon lit conjugal, je tentais de mon mieux de résister à l'envie de hurler. J'avais beau caresser du bout des doigts la gourmette de Richard, comme on frotte une lampe magique, le calme ne revenait en ma chair qu'au lever du jour, me laissant vannée, prostrée et morose à mourir. Le cœur en étau, j'imaginais Richard, seul au volant de son camion avec nulle part où aller, roulant sous un ciel chagrin, les yeux taris et l'âme à la grisaille. Et je pensais à Symone, ma biche, cette toute petite chose frêle et sensible, et pourtant si impressionnante de résilience, qui allait bientôt donner naissance à un fils ou à une fille sous les pires auspices qui soient, un petit qu'elle aimerait plus que tout et qu'elle défendrait bec et ongles avec la force herculéenne qui vient naturellement à chaque femme qui enfante.

Le Thank God était sans aucun doute le lieu le plus immonde où, de toute ma vie, il m'avait été donné de séjourner. Mais pour la première fois depuis que le départ de Sabine m'avait tuée, je devais admettre que c'était là, et pas ailleurs, que je m'étais sentie presque ressusciter. C'était dans les vapeurs de moisissure que mon cœur avait amorcé un début de guérison, hésitante et précaire, peut-être bien, mais quand même, une lente remontée des profondeurs qui m'avait permis de goûter à de chauds rais de lumière qui, tels des lasers, fendaient l'eau froide et sale de ma neurasthénie pour finir par arriver jusqu'à moi.

SYMONE

Suivi de son équipe, l'inspecteur Poitras est revenu, le 22 décembre, avec un mandat de perquisition en

bonne et due forme. Ce couillon de Bob a bien fan-
faronné en brassant son petit change dans sa poche
pour tenter de l'amadouer, mais rien n'y fit. Après lui
avoir confisqué son passeport, son iPhone, et lui avoir
interdit tout déplacement jusqu'à nouvel ordre, le
bonhomme est reparti avec une paire de gants trouvée
sous notre lit ainsi qu'un petit contenant de métal
traînant dans l'un de ses tiroirs, objet inusité que Bob
jurait d'ailleurs n'avoir jamais vu de sa vie.

— C'est ça, oui, a murmuré le Columbo des Hautes-
Laurentides. C'est ce qu'ils prétendent tous. On verra
bien ce qu'en diront les empreintes digitales…

Après un moment passé à la cave et dans la chambre
froide, les hommes ont aussi rapporté, pour fins
d'analyse, des échantillons de tout et de rien, ainsi
qu'une panoplie de petites affaires jugées dignes
d'intérêt. Comme les guns volés, les cigarettes de
contrebande et toutes les Rolex bidon cachés ici et là.
Lorsqu'ils finirent par découvrir la porte de métal derrière les caisses de pommes, et à en demander la clé, le
pauvre Bob fut pris d'un tel malaise qu'il dut s'asseoir
sur un sac de riz. Et quand l'inspecteur annonça que
l'espace ne contenait finalement strictement rien,
l'état de Bob s'aggrava d'une épistaxis tachant de sang
si copieusement son t-shirt d'Éric Lapointe qu'elle
lui donna l'air effrayant du gars qui vient d'égorger
son cochon, tant et si bien qu'on se serait cru dans le
célèbre et sanguinolent *Carrie*.

Où donc était passé l'ordi contenant les vidéos? se demandait sûrement Bob, en proie à un affolement qu'il peinait à dissimuler. Comment expliquer cette disparition, alors qu'il ne quittait pour ainsi dire jamais des yeux son trousseau de clés, et qu'il était persuadé que personne à part lui n'était au courant de l'existence non seulement de cette cachette et de cet appareil, mais aussi de ces bouts de films incriminants?

Du coin de l'œil, je le regardais jongler, dubitative. Les infos rentraient à la pelle et à une vitesse folle dans l'équation. Ce qui fait que je n'avais plus la moindre idée de ce qui avait précisément pu amener les policiers à débarquer ce matin-là. Moi qui croyais avoir percé le secret le plus sombre de Bob en mettant la main sur les terribles vidéos, voilà qu'il semblait maintenant avoir commis d'autres méfaits, des crimes si graves, selon toute apparence, qu'ils justifiaient une descente en règle de toute la cavalerie de la SQ.

La porte a claqué, laissant un silence de mort tomber ensuite dans le casse-croûte. Rongé par l'angoisse, Bob s'est approché de la grande fenêtre afin de regarder la brigade s'éloigner. Muet, il mesurait l'étendue du pétrin dans lequel il se retrouvait enlisé, et qui ne risquait pas de se dissiper de sitôt, mais bien au contraire promettait de s'épaissir de minute en minute. Il avait beau ne pas être le crayon le plus aiguisé de la boîte, il n'en saisissait pas moins que la pente abrupte sur laquelle les autorités étaient sur le point de le pousser allait se dévaler assez vite, merci. Surtout que, de l'aveu de Poitras, Bob était maintenant déjà tagué et fiché comme *personne d'intérêt* au cœur d'une histoire qui, d'après ce que laissait deviner le langage corporel des experts occupés à fouiller la place, donnait froid dans le dos. Quant à la mine patibulaire du policier qui, avant de sortir du Thank God, avait fortement suggéré à Bob de retenir les services d'un avocat, elle n'augurait rien de mieux non plus. « Moi, si j'étais vous… »

Soudain conscient du merdier qui lui pendait de toute évidence au bout du nez, et auquel il ne comprenait rien de rien, Bob fut saisi d'une panique effroyable. Aussi vert qu'un poireau et ruisselant de sueur, il fit entendre des borborygmes qui finirent par produire une suite de vesses dont l'odeur cadavérique flotta jusqu'à l'autre bout du Thank God et fit déguerpir à vive allure les clients, qui crurent que ces émanations provenaient de la cuisine.

— Eh que ça ne sent pas bon tout ça ! a laissé tomber Bob, au bord des larmes, en regardant les voitures de patrouille quitter le parking.

— Tu ne pourrais pas mieux dire, ai-je répondu, avant de retourner à mes fourneaux, le cœur au bord des lèvres.

CLARA

Ce qui devait arriver arriva. Le 22 décembre, la nouvelle selon laquelle trois hommes étaient soignés depuis trois jours au centre hospitalier de Saint-Jérôme pour des mutilations génitales était dans tous les médias. Dans les journaux, à la radio, de même qu'à la télé, chacun y allait de ses commentaires. Alors que les tribunes téléphoniques ne dérougissaient pas, les animateurs des émissions radiophoniques matinales, eux, n'en finissaient plus de se payer la tête de ceux qu'ils appelaient, hilares, les « Fidel Castrés des Pays d'en haut », certains étant même allés jusqu'à diffuser sur leurs ondes, pendant que je marinais dans ma baignoire, la chanson *Isn't It Awfully Nice To Have A Penis*, des Monty Python. En soirée, même CNN consacra à l'affaire un petit segment à la fin duquel le présentateur, Anderson Cooper, ne put retenir un « ouch ! » bien senti tout en portant sa main à son entrejambe.

Jamais situation n'avait aussi bien allié le sordide au ridicule. Le directeur des communications de la SQ, affublé d'une face de carême totalement de circonstance, nous informa qu'une enquête criminelle *complexe* était en cours et que pour l'instant, au moins un suspect se trouvait dans la ligne de mire. Le nom des victimes de ce châtrage n'avait donc pu être révélé, mais je pouvais aisément imaginer le

Tout-Mont-Laurier spéculer à tour de bras sur leur identité dès que l'occasion lui en était donnée.

À ce jour, rien n'avait encore mobilisé les cancaniers de la région autant que cette fameuse histoire d'émasculation qui allait à coup sûr faire époque. Agrémentée ici et là de croustillants détails prétendument véridiques, mais en réalité inventés de toute pièce par un affabulateur qui en fumait du bon, il ne faisait aucun doute qu'elle finirait par devenir une légende semblable à celle de l'homme qui a vu l'homme qui a vu l'homme qui a vu l'ours, et qui, racontée autour d'un feu de camp par des mecs chaudailles, sur un fond de Bob Dylan, commencerait par « une fois c'était trois gars pas de bite ».

*

Plus tard, je me suis allongée sous le dais du beau lit de Sabine pour réfléchir plus à mon aise aux manœuvres de séduction auxquelles j'entendais me livrer dès l'instant où Bernard franchirait le seuil de notre maison. Il me semblait que, malgré toutes ces années, les plis des draps avaient gardé emprisonnées des traces de l'odeur de ma fille, lesquelles m'enveloppaient maintenant comme un linceul de nostalgie. Le parfum de sa nuque et celui de sa chevelure, aussi fleuris qu'une brise d'été, me renvoyaient par flashbacks à ces temps de pure félicité où, Sabine et moi, nous nous reniflions l'une l'autre sans réserve, comme deux petites bêtes. De quoi maintenir à niveau notre taux d'ocytocine.

Bernard devant rentrer d'un voyage d'affaires le lendemain, il m'a fallu penser vite et agir sans délai pour arriver à réunir les éléments susceptibles de redonner de la vigueur à mon mariage moribond et de ramener Bernard sur le chemin de la droiture. Sachant pertinemment qu'au chapitre de l'amour, personne ne gagne à tenter de réinventer la roue, je prévoyais user de tactiques de bonne femme éprouvées, de manigances ratoureuses vieilles comme le monde et un brin vlimeuses visant à tirer parti des faiblesses de mon mari.

«Au fond, les hommes sont simples», m'avait dit ma mère un jour que nous magasinions pour elle une panoplie de nuisettes vaporeuses et diaphanes en vue de la visite annoncée de mon père qui, le con, venait encore de nous sacrer là sur un coup de tête, cette fois avec une employée de bureau de vingt ans sa cadette. Si on les soûle bien et qu'on leur joue du pipeau avec application, croyait ma mère, on peut ensuite les enrouler autour de notre petit doigt à notre guise. Ils font le beau et donnent la patte dès qu'ils entendent le son de nos pas.

Sur son lit de mort, ma mère qui, je dois le reconnaître, n'avait de toute sa foutue vie jamais échoué à ramener du bon bord de la clôture son mari parti sur la brosse, quand ce n'était pas aux trousses d'une marie-couche-toi-là, avait trouvé la force de m'adresser son plus précieux enseignement avant de se fermer le clapet pour toujours.

« Ma fille, n'oublie jamais qu'en amour, c'est toi qui run. »

Alors, puisqu'on n'attire pas les mouches avec du vinaigre, j'avais d'abord pris soin de faire livrer, par un distributeur privé, une dizaine de Romanée-Conti La Tâche Grand Cru dont Bernard était friand. Un délice glissant dans la gorge, une coulée de nectar de rubis, en admettant qu'une telle chose puisse exister.

Ne ménageant pas mes efforts, je nous avais aussi orchestré, pour marquer son retour, une nuit sulfureuse qu'il ne risquait pas d'oublier de sitôt. Puis, convaincue depuis toujours que les voyages ont la touche magique pour favoriser les rapprochements, je n'avais pas davantage résisté à l'envie de nous réserver un séjour de rêve à Florence, là même où nous avions passé notre lune de miel, il y avait de cela près de vingt-huit ans. Je m'étais dit que nous pourrions nous la couler douce et faire la grasse matinée dans la plus belle suite du Four Seasons, avant d'aller flâner sur le Ponte Vecchio ou à la galerie des Offices, pour faire ensuite, enlacés comme des jouvenceaux, le tour du jardin de Boboli.

Après mûre réflexion, j'avais en effet choisi d'y aller d'un crescendo de surprises de sorte que Bernard, n'ayant pas le temps de réfléchir, n'aurait finalement eu d'autre choix que de se laisser docilement emporter par le courant sans chercher à me tenir tête.

Mais pour parler franchement, mes espoirs étaient modestes. S'il est vrai que ma vie matrimoniale me rendait folle, il se trouvait que je ne l'étais pas encore assez pour attendre de la part de Bernard un élan passionnel. J'étais même prête à me réjouir d'un faible why not pas convaincu pour une cenne, lequel avait malgré tout le potentiel de constituer la première pierre sur laquelle rebâtir notre union. Oui, j'avais la ferme intention de m'accrocher à la moindre ouverture dont mon mari ferait preuve. Après tout, les grands ormes que l'on voit, régnant au beau milieu des champs où ils projettent leur ombre majestueuse, ne sont-ils pas tous issus d'une simple petite graine plantée là au moment opportun, avec juste ce qu'il faut de pluie, de soleil et du souffle de Dieu?

J'avais pensé à tout. Du choix musical à la fragrance des bougies, en passant par la composition du repas que j'allais concocter tout l'après-midi du lendemain. D'abord sauver notre mariage et ensuite unir nos forces pour enfin soustraire Sabine à l'emprise de ce Gaspard de malheur, et la ramener sous nos grandes ailes d'amour et de protection. Tel était mon objectif.

Pauvre nigaude que j'étais! J'appelais un miracle alors qu'en vérité, chaque seconde me rapprochait d'un cataclysme, d'un séisme de magnitude 9 qui avait déjoué tous les radars et s'apprêtait à réduire en poussière la moindre parcelle de ma vie passée, ainsi que toutes les illusions de bonheur dont je m'étais bercée.

Les bras repliés derrière la tête, je rêvassais, ficelée dans des dessous affriolants qui n'avaient pas servi depuis des lunes, faute d'occasions. J'avais pris la précaution de les essayer histoire de m'assurer qu'ils n'allaient pas me fendre sur le dos à la première galipette. Évidemment, je me doutais que le soutien-gorge pigeonnant peinerait à faire illusion sur mes seins fuyant irrémédiablement vers le sud, et que le porte-jarretelle me saucissonnerait plus que je ne l'aurais souhaité, mais bof.

Heureusement pour moi, je ne comptais pas parmi ces femmes qui angoissent à l'apparition d'un soupçon de bourrelet, je n'étais pas non plus de ces pauvres fates chez qui le premier signe de rétention d'eau suffit à faire surgir un sentiment de honte si grand qu'elles se mettent illico à l'abri des regards pour se jeter à corps perdu dans ce que j'appelle des plans de maigres, c'est-à-dire des régimes draconiens impossibles à observer sans risquer de tourner de l'œil à chaque coin de rue. Finir la peau plissée sur les os comme un rideau de tulle sur sa tringle ne me souriait guère.

Le choix des moyens est vaste pour les vaniteuses souhaitant venir à bout d'une satanée couche de lard ayant eu le culot de leur coller au cul après un égarement passager qui pourtant n'annonçait rien d'un tel ravage de silhouette. Après tout, qui aurait pu imaginer que deux ou trois innocentes bouchées de tarte tatin, accompagnées d'une demi-cuillérée de glace à la vanille, pouvaient obliger une m'as-tu-vu à enfiler un affreux Spanx sous sa nouvelle robe de jersey aussi moulante qu'une capote. C'est ainsi, de nos jours. Succomber à vos péchés mignons est devenu un sport dangereux, non seulement pour vos artères, mais aussi pour votre ego. Quand vous vous laissez aller à finir le sac d'Oreo, soyez assurées que les miroirs ne se gêneront pas pour vous faire filer cheap.

Les heures passaient et j'en étais à me dire qu'il était temps d'aller dormir. Mais au lieu de ça, je fermais les paupières et je repartais dans mes rêveries où des images de Richard me montaient à la tête telles des bulles de champagne, faisant s'emballer mon cœur et voleter dans mon estomac des papillons d'adrénaline venus des profondeurs de mes surrénales.

Toujours allongée sur le dos, je revoyais son corps invitant, ainsi que son émouvante expression de souffrance au moment de l'orgasme. Le temps s'étirant, je pouvais à nouveau goûter à ses yeux tendres et bienveillants posés sur moi, sa grande bonté inscrite dans chacune des rides qui sillonnaient son visage. La main glissée dans mon slip de dentelle et les cuisses bien écartées, je fouillais à l'envi dans mon *Origine du monde*. J'entretenais d'un mouvement lent et circulaire tous ces souvenirs lascifs qui me maintenaient dans un état de grâce, vacillante sur une ligne de fuite, tel un petit oiseau perché sur la crête d'une vague. C'était une astuce onaniste destinée à m'éviter de perdre la tête, en route vers ce que j'espérais être mon renouveau conjugal. Un truc pour me booster un peu et me consoler du fait qu'il m'ait fallu renoncer à un grand amour salvateur pour tenter librement, une dernière fois, de sauver un tout petit amour perdu.

Il y a des choix qu'on paie plus cher que d'autres.

Épuisée par les larmes, la souffrance et la mélancolie, j'étais sur le point de sombrer dans les bras de Morphine au creux du lit de Sabine, lorsque quelques gouttes qui semblaient provenir du plafond atterrirent sur mon visage comme un début d'ondée soudaine. À la lumière de la lampe de chevet, j'apercevais, le long de la grille de ventilation, de petits renflements humides distillant des filets d'eau qui, je ne rêvais pas, se répandaient sur les draps à un rythme régulier. Je n'aurais pu jurer de rien, mais quelque chose en moi craignait qu'un déluge ne finisse par déferler dans la chambre si rien n'était fait au plus vite.

Toujours vêtue de mes dessous de séductrice, je courus chercher au sous-sol l'escabelle de Mariette ainsi qu'une lampe torche. Chaussée de mes escarpins de satin, j'entrepris de retirer le grillage. Celui-ci, en se détachant du plafond, entraîna avec lui deux ou trois grosses galettes de plâtre trempé qui aboutirent dans un bruit sourd sur les beaux motifs botaniques de l'Aubusson. Suivirent ensuite, retenus ensemble par un ruban de soie, trois petits cahiers cadenassés, jaunis et tout racornis : les journaux intimes de Sabine qui, cachés là depuis des lustres, étaient enfin prêts à me livrer cet énigmatique « jardin secret rempli d'orties ».

SYMONE

Après le passage des policiers, quelle chose étrange, on aurait dit que l'air s'était raréfié. Même les quelques mouches qui, le froid venu, avaient trouvé refuge dans la grande fenêtre du Thank God se mirent à tomber une à une dans un dernier bourdonnement désespéré. Chaque respiration me donnait l'impression d'inhaler des vapeurs d'eau de Javel qui me brûlaient la tuyauterie. On aurait dit que la vie fuyait par tous les interstices.

Bob, lui, le t-shirt tout taché de sang séché et de sueur infecte, allait et venait derrière le comptoir en piaffant comme un taureau. Le moins que l'on puisse dire, c'est qu'il était à cran, quelque part entre la fureur et l'envie de se laisser fondre en larmes devant les rares clients qui, malgré les scabreuses rumeurs, avaient osé s'aventurer au Thank God ce jour-là. Et qui ne pouvaient s'empêcher de le dévisager, d'un air à la fois fasciné et craintif, semblant voir en lui une sorte de Rocco Magnotta, ou encore ce monstre de Jeffrey Dahmer, surnommé «le cannibale de Milwaukee».

Puis en fin d'après-midi, à bout de forces autant que de nerfs, Bob a fini par craquer. Affalé sur son tabouret, devant la télé, il ressassait des pensées qu'on pouvait voir défiler sur l'écran noir de ses pupilles dilatées et tentait de les diluer dans les bières qu'il vidait les unes après les autres, pris d'une soif inextinguible.

De mon côté, je passai la journée entière à me tenir à carreau, cherchant à me faire transparente et à échapper à la violence de Bob qui tôt ou tard finirait bien par se déchaîner. Occupée à maintenir des yeux tout le tour de la tête afin de voir venir l'orage, je commis l'erreur d'oublier de laisser tomber, comme prévu, l'un des cachets de Clara dans la bière de Bob. C'est donc en le croyant profondément endormi qu'au cours de la nuit suivante, je me rendis à la remise pour nourrir Oprah. J'étais à lui donner tranquillement son biberon sous la lumière blafarde du plafonnier lorsque Bob, tel Zeus brandissant la pierre de foudre, fit irruption dans la place muni d'une clé anglaise. Dans une rage folle, il tenta d'abord de s'attaquer à

Oprah qui heureusement put s'échapper en vitesse par la porte mal refermée derrière lui.

— Fuis, Oprah! Fuis! hurlai-je, tandis que paniquée, je me préparais à faire face au sort auquel je n'allais en aucun cas pouvoir me soustraire.

Encore plus furibond de voir la bichette filer ainsi entre les mailles de son courroux, Bob se rua sur moi avec une force décuplée. Alors que je tentais de protéger mon ventre où s'agitait mon bébé, il abattait sur ma tête et sur mon dos, mes jambes et mes fesses l'outil qui finit par lui glisser des mains, me laissant brisée, enroulée sur moi-même, coincée comme un rat entre le vieux barbec rouillé et deux cache-pots de plastique, le bonnet de la Sainte-Flanelle imbibé de sang, le manteau lacéré et la moitié d'une oreille arrachée.

Aussi bien dire défigurée et guère mieux que morte.

Chapitre trois

SABINE

Cher journal,

Hier, pendant que maman était sortie acheter ce qui manquait pour le pique-nique de dimanche, papa m'a appelée alors qu'il était sous la douche. « Sabine ! Sabine ! » J'ai mis Le roi lion *sur pause et j'ai accouru. Quand j'ai poussé la porte, je l'ai tout de suite aperçu dans le reflet du miroir en train d'agiter d'une main son gros machin. Affolée, j'ai dit : « Désolée papa, désolée, j'aurais dû frapper avant d'entrer. » En couvrant mon visage, toute honteuse, j'ai tourné les talons pour aller m'enfermer dans ma chambre. Quelle conne. Lui il a ri en passant devant ma porte. « Allez, qu'il a dit, ne fais pas ton bébé. Avoue que ça t'a plu. »*

*

Depuis vendredi, je ne pense qu'à ça. Quand je ferme les yeux, je ne vois que ça, rouge et gonflé, et aussi les yeux bizarres de papa. Et ça me fait tout drôle, là, dans ma culotte de La petite sirène. Parfois ça me donne le goût de vomir et de m'enfuir à l'autre bout du monde. À d'autres moments, ça me donne un genre d'envie de pipi qui me fait gigoter comme un vermisseau.

*

Cher journal,

Comment effacer de sa tête ce qu'on voudrait n'avoir jamais vu ?

*

Aujourd'hui j'ai eu dix ans. Pendant que maman courait à la pâtisserie chercher le gâteau, le petit buffet d'anniversaire et les bouquets de ballons, papa m'a fait jouer dans sa braguette où il avait caché ici et là des jujubes aux framboises que je devais chercher à tâtons du bout des doigts.

— C'est un jeu, a dit papa. Le genre de jeu auquel ta mère n'aime plus jouer. Y a pas de quoi grimper aux rideaux. Mais ce serait bien que ça reste un secret entre toi et moi. Il ne faut rien lui dire, à maman, elle en mourrait, tu comprends ? Tu ne voudrais pas la voir mourir par ta faute, n'est-ce pas ?

— Bien sûr que non, j'ai répondu. Parce que sans maman, qu'est-ce que je deviendrais?

J'ai continué à chercher des jujubes et à un certain moment, j'ai réfléchi et j'ai demandé:

— Pourquoi on joue quand même, alors?

— Parce que tu m'aimes, moi aussi, pas vrai? a répondu papa en guidant ma main. Et que c'est moi qui paie les comptes, je te signale. Les bonnes filles, ça aime jouer avec leur papa. Et tout le monde sait que les papas ont un petit faible pour les bonnes filles à la langue douce.

Puis maman est rentrée tout essoufflée, les bras chargés de paquets.

— Alors, vous vous êtes bien amusés sans moi? a-t-elle demandé depuis le hall d'entrée, en retirant ses escarpins.

— Pas si mal, que j'ai dit en m'éloignant de papa en vitesse tandis qu'il remettait son truc dans son pantalon. On a joué.

— Et à quoi?

— À rien qui puisse t'intéresser, j'ai répliqué, en haussant le son de la télé comme pour enterrer ma petite voix qui me suggérait de vider mon sac. Des jeux qui font mourir les mères, à ce qu'il paraît.

À ces mots, papa a eu l'air d'être en beau fusil et il a fait « chut ! » en mettant son doigt sur ses lèvres.

— En voilà une bonne ! a répondu maman en se laissant tomber sur le fauteuil bergère. Nous, les mères, on n'a pas le dos tourné que déjà vous nous faites tout un procès.

*

Cher journal,

Ce matin, à la récré, j'ai demandé à Frannie s'il lui arrivait de jouer avec son papa.

— Tout le temps, qu'elle a dit. Aux serpents et échelles, au Monopoly, et l'été, dans la piscine, à Marco Polo. Parfois on joue aux dames. Et toi, a-t-elle demandé, tu joues à quoi, avec ton père ?

— À la chasse au trésor et à la madame. À des jeux de mains aussi et à des jeux de langues.

— Ah bon, a dit Frannie. Et quelles langues tu apprends, dis-moi ?

— La langue de bois. Celle qu'on doit maîtriser au plus vite si on veut éviter de finir noyée dans la mère morte.

*

Avant qu'elle ne tombe raide morte, moi je sais ce qu'elle me dirait maman, si elle savait. Elle s'arracherait les cheveux en criant : « Mais à quoi t'as pensé, bon Dieu de merde ? Non mais comment t'as pu me faire ça À MOI ? »

*

Maman m'a inscrite à des cours de tennis. J'ai une super raquette et un petit kit Adidas qu'elle et moi on est allées choisir ensemble chez Sports Experts. On m'a aussi acheté un soutien-gorge de débutante pour mes seins qui commencent à pointer. « Ça y est, je n'ai plus d'enfant ! » s'est exclamée maman, toute piteuse. Avec ma jupette à plis, mon polo et ma casquette, j'ai l'air d'une pro. C'est elle qui l'a dit.

Maintenant, tous les samedis matin papa m'emmène pendant que maman jardine. Méchante rocaille, je peux te le dire, et une sacrée roseraie, aussi. J'aurais bien voulu que ce soit elle qui m'accompagne, mais elle a insisté en disant que ce serait bien pour la relation père-fille que nous passions un peu de temps ensemble.

*

Après le cours, plutôt que de retourner directement à la maison, on suit le petit chemin ombragé le long de la rivière, celui qui mène à un cul-de-sac où personne ne s'aventure jamais. Et là on joue. On joue jusqu'au bout, jusqu'à la dernière goutte quoi, jusqu'au dernier jujube, les doigts de papa glissés sous ma jupette, un peu à la va-vite histoire de ne pas prendre trop de retard.

*

Cher journal,

Maman se demande ce qu'on branle (!) après le cours de tennis, pour rentrer aussi tard. Papa baragouine des histoires de trafic que maman ne demande qu'à gober tout rond. Alors pour ne pas éveiller les soupçons, papa a décidé que dorénavant on jouerait en route vers la maison, ce serait plus sûr. Comme ça on ferait d'une pierre, deux coups, lui au volant et moi penchée sur sa trique.

*

C'est samedi et je fais semblant d'être malade. Je dis à maman que je ne veux plus aller à mes cours de tennis. Que je n'ai plus envie de jouer. Elle, elle tente de me rassurer en me disant qu'avec l'expérience, j'y prendrai goût et que plus tard, je serai contente d'avoir appris à jouer si jeune. J'ai envie de crier. Ma bouche s'ouvre mais les sons restent dedans.

*

Cher journal,

Maman part pour tout un week-end de bridge chez sa sœur Catherine, à la campagne, la seule qui veut bien *la voir encore malgré tous les articles et les reportages parus sur les fraudes de papa. Je l'ai suppliée de m'emmener avec elle, j'ai hurlé et pleuré. La crise, quoi. « Tu as treize ans, qu'elle a dit. Tu ne crois pas que tu as passé l'âge des caprices ? »*

Pourquoi c'est elle qui se garde tous les jeux les plus amusants et que c'est moi qui dois me taper les plus dégueulasses, ceux qui vous laissent la langue sale et où il y a tout à perdre et rien à gagner, que des foutus jujubes ?

Au bout du compte, quand j'ai menacé de fuguer, maman a jeté la serviette et il a été décidé que j'irais dormir chez Frannie. Papa a rouspété, mais maman a tranché.

— C'est ça qui est ça, qu'elle a dit, les lèvres pincées. Avec toutes tes sottises et tes magouilles, aussi, Frannie est la seule amie qu'il reste à Sabine, qu'elle a lancé à papa. Alors mon vieux, je ne crois pas que tu aies ton mot à dire tant que ça dans cette histoire. Prends ton gaz égal et disparais de ma vue.

Oh boy.

*

Cher journal,

Aujourd'hui, en cachette de maman, je suis allée avec Frannie auditionner pour un rôle au cinéma. Papa n'en avait rien à cirer, surtout qu'il fait du boudin depuis que j'ai refusé de passer le week-end dernier avec lui. Mais maman, elle, était vraiment contre l'idée. « Le milieu du cinéma, ce ne sont que des requins… » Et patati et patata. Elle peut bien jouer les protectrices, celle-là. Pour l'instinct maternel, on repassera. Qu'elle commence donc par regarder dans sa cour ! « Le mouton a craint le loup toute sa vie, mais c'est le berger qui l'a mangé », dit le dicton.

Franchement c'était bien de me sentir libre, pour une fois, de faire ma vie comme une grande sans toujours sentir le regard de papa posé sur moi et l'inquiétude constante de maman. Là-bas, tout le monde a été ultra gentil. Ils m'ont même offert un coca et des bretzels pendant que j'attendais mon tour. Après, une femme est venue pour me prendre à part et me dire que j'avais du talent pour jouer. J'ai dit : « C'est ce que prétend mon père. »

Sur le chemin du retour, on est passées par la crémerie se chercher un parfait au chocolat qu'on est ensuite allées manger dans les balançoires, au parc, en chantant Comme au cinéma, *de Clou.*

> *« Moi je veux vivre comme au cinéma*
> *En plan américain*
> *Avec la musique qui marque mes pas*
> *Et la nuit qui m'appartient*
> *Moi je veux vivre comme au cinéma*
> *D'un scénario de rien*

Et si c'est mauvais, mauvais, je couperai la fin
Si c'est mauvais, mauvais, je couperai la fin
Si c'est mauvais, mauvais, je couperai la fin. »

*

Cher journal,

Aujourd'hui nous avons rencontré Gaspard, le producteur. Et aussi Giovanni Da Costa, l'agent d'artistes qui a les yeux fous de mon père quand il me fixe. Finalement, mes parents ont consenti à me laisser jouer dans le film où je tiendrai le rôle principal. Étant donné les déboires de papa dont tout le monde parle, Frannie a fini, comme toutes les autres, par s'évanouir dans la nature. Quand j'appelle, elle fait dire qu'elle est absente. Heureusement qu'il y a toi, journal, à qui raconter mes misères sans risquer de faire mourir maman.

*

Cher ami,

Tu n'en reviendras pas, Giovanni Da Costa vient d'être arrêté pour des crimes sexuels commis sur certaines de ses « protégées ». À moi, il n'a rien fait. Quel intérêt, j'étais déjà brisée. Il l'a bien senti quand j'ai soutenu son regard lubrique, l'air de dire, « heille, ducon, je ne suis pas née de la dernière bite tu sauras ». Le second-hand, très peu pour lui. Pédo dans le flambant neuf, c'était ça son truc. Pas les fillettes d'occase qui traînent partout leurs traumatismes.

Quand les policiers m'ont interrogée dans le cadre de cette enquête, j'ai bien vu que papa n'en menait pas large. La peur au ventre, le souffle court, le front humide... Ça se devine, un homme qui fait dans son froc. J'avoue que j'ai été bien tentée de tout déballer, l'occasion était si belle. D'autant plus que le policier, pas dupe, semblait avoir la puce à l'oreille. J'avais tout sur le bout de la langue qui ne demandait qu'à sortir. Mais après une dizaine de secondes à faire mariner papa dans sa sueur, j'ai regardé ma pauvre maman pleurer à l'intérieur, pétrie d'inquiétude. J'ai vu les signes de sa souffrance, ses épaules courbées, les cernes, la maigreur, la faiblesse, et j'ai eu pitié, le cœur fendu en deux. Je n'ai pas voulu être celle qui rajouterait une couche à sa détresse, la goutte qui ferait déborder le vase, le coup fatal qui l'achèverait. Celle qui, à la question «dis donc, Sabine, qu'est-ce t'as foutu hier?», pourrait répondre, juste comme ça, «j'ai tué ma mère».

Alors je n'ai rien dit.

*

Cher journal,

Depuis qu'une habilleuse m'a retrouvée en larmes sous le porte-manteau de ma loge, je consulte une psy qui s'appelle Geneviève et qui pratique à Genève. C'est la psy des jeunes stars, m'a-t-on dit. Mais à elle non plus je ne dis rien. Je me contente de tourner autour du pot durant nos conversations au téléphone ou sur zoom, et je garde mon secret pour moi. Je me dis qu'il est somme toute un peu tard pour dénoncer papa, étant donné que très pris par les ennuis juridiques qui ne cessent de lui tomber sur la tête, il ne trouve plus, depuis quelques mois, ni le temps ni l'envie de m'entraîner dans ses saloperies préférées.

Geneviève me dit que les secrets, ça finit toujours par nous étouffer, et qu'à cause d'eux, on en est parfois réduit à regarder passer le train plutôt que de monter dedans. À ses yeux, tous les moyens sont bons pour tenter de me faire cracher le morceau. Elle me dit que la parole guérit, moi je lui réponds que les mots tuent. Elle me dit que la vérité rend libre, moi je lui balance cette phrase de Steinbeck, qu'on nous a fait lire à l'Actors Studio : « Une vérité incroyable peut faire plus de mal qu'un mensonge[3]. »

Je lui donne du fil à retordre, à Geneviève, je sais. Mais au prix que je la paie, qu'est-ce que ça peut bien faire que je lui fasse perdre son temps. Je ne vide peut-être pas mon sac, mais mes glandes lacrymales, si. Tandis qu'elle reste pendue au bout du fil, en écoute active, je te jure que j'en pleure une shot. Les chutes du Niagara n'ont plus qu'à aller se rhabiller.

*

Finalement, journal, c'est à Gaspard que j'ai tout avoué, un après-midi, alors qu'on parlait tranquillement au

---

3. John Steinbeck, À l'est d'Éden.

téléphone du prochain film à venir et que maman mettait de l'ordre dans la cuisine avec Mariette. Je ne sais pas ce qui m'a pris, mais j'ai tout dit, jusque dans les moindres détails. Les jujubes, la jupette, les branlettes, la langue sale, les gros doigts fourrageurs et la douleur, après. Ça m'a fait un bien fou; c'est peut-être Gen qui avait raison. Et c'est peut-être l'approche de mes dix-sept ans qui m'a donné le courage de tout déballer. Peut-être bien aussi que j'ai seulement fini par en avoir marre de protéger tout le monde alors que c'est moi et pas eux qui avais le plus besoin de l'être. Va savoir.

Quand j'ai eu fini de parler, Gaspard s'est mis à chialer. C'était la première fois que j'entendais un homme pleurer autant. Puis il a raccroché et il a appelé papa en lui disant que Giovanni maintenant en taule, il souhaitait me représenter et me prendre sous son aile. Qu'il s'occuperait de moi comme de la prunelle de ses yeux. Ma mère s'y est opposée farouchement, on s'y attendait, mais au bout de quelques jours, mon père, lui, en entendant Gaspard lui dire « bas les masques, mon vieux, je sais tout », s'est empressé de signer le deal du siècle.

Chaque chose a son prix, qu'ils disent. C'est papa qui était soulagé de me voir disparaître avant que je ne mette le diable aux vaches. Le soir même, je montais donc dans le jet de Gaspard qui venait ainsi de m'extirper de la gueule du loup pour me redonner enfin le goût de vivre et, comme le chante Ginette en pleurant presque, de compter pour quelqu'un, quoi qu'il puisse arriver.

Chapitre quatre

CLARA

Debout devant le miroir de la salle de bain, « j'ai mis de l'ordre à mes cheveux, un peu plus de noir sur mes yeux », comme cette pauvre Dalida qui elle aussi avait fini par en avoir ras le pompon. « Pardonnez-moi, la vie m'est insupportable. » Puis sans surprise, j'ai fait ce qui était écrit dans le ciel. C'est-à-dire que pour en finir une fois pour toutes, je me suis bourré la bouche de comprimés. Quand une mère frappe sa fin du monde, elle n'a vraiment plus de raisons de s'en priver.

Que faire d'autre devant ces mots si pleins de douleur, cette détresse et cette violence que je n'avais su ni voir ni empêcher ? Comment survivre à la vue de ces dessins d'enfant si explicites qu'ils vous transpercent l'âme, ces croquis de fillette à genoux, éclaboussée par un père allumettes sans scrupules, bandé comme un carme déchaussé? Anyway, qui peut bien mériter de rester en vie, de pouvoir respirer ne serait-ce qu'une seule petite fois encore après n'avoir pu préserver son enfant adoré de ces gestes immondes?

En m'envoyant une poignée de cachets dans la gueule, je me rappelle avoir pensé à toutes ces mères qui perdent des enfants à la guerre, où ils sont envoyés comme chair à canon. Qu'advient-il donc, me suis-je demandé, de celles qui, comme moi, n'ont pu sauver les leurs du triste sort qu'est celui de servir de chair à cochon?

Au moment de faire passer toute ma vie de merde avec un verre d'eau, mes yeux se sont par hasard posés sur l'une des photos encadrées placées sur la coiffeuse. Sabine et moi, le jour de ses dix ans, des bouquets de ballons en arrière-plan et une couronne de princesse posée de guingois sur nos têtes. Moi l'imbécile qui souris, et elle la gamine qui survit. C'est alors que tel un volcan glaviotant sa lave, j'ai tout recraché, et que du bout des ongles, j'ai gratté jusqu'au sang le fond de ma gorge pour sortir de moi jusqu'au moindre résidu de ce lâche projet de mort annoncée. Je n'allais pas fuir, je n'allais pas me laisser glisser dans le confort du néant telle une dégonflée. Car voilà que mon destin virait de bord et qu'il me griffait la face en me criant *wake up, lady*.

Non seulement je n'allais pas mourir, mais j'allais vivre furieusement et à fond la caisse, par-dessus le marché, sans relâche et avec rage, le drapeau de la vengeance claquant dans le vent. L'opération nettoyage que j'avais amorcée en m'occupant du sort de Pouliot, Racine et Lemieux, c'était avec Bernard que j'allais la poursuivre. *La guerre, yes sir!*

Parce qu'il se trouvait que la chasse aux porcs était officiellement rouverte et que Némésis était de retour pour l'occasion. Remontée au max, debout et inébranlable, déchaînée, pugnace et implacable. Bref, tout sauf morte. Comme quoi, même le ciel peut parfois se mettre le doigt dans l'œil jusqu'au trognon dans ses prédictions.

*

Très tôt le matin du 23 décembre, je commençai par laisser tomber la plaque d'immatriculation de ma voiture au fond d'un puisard. Ensuite, je jetai dans le coffre deux grands sacs de sport vides et un fourre-tout Vuitton. Puis je roulai en direction du petit concessionnaire de voitures usagées situé le long de la 40. Un receleur bien connu des policiers, où ceux qui se font voler leur véhicule le retrouvent souvent, au bout de quelques jours, repeint, pimpé et plaqué «Saskatchewan», tout fin prêt à filer vers l'ouest sur la Transcanadienne. Là-bas j'ai pu troquer, donnant donnant, sans même tenter de négocier, ma belle BM

Typhoon contre un Bronco 93 pas mal esquinté. Plus incognito que ça, tu disparais. Le gars, vêtu comme un gérant de Caisse populaire de banlieue, histoire d'en imposer, n'arrivait tout simplement pas à y croire.

— Profitez-en, monsieur, que j'ai dit, c'est votre jour de chance. Croyez-moi, j'en connais qui ce soir ne pourront pas en dire autant.

Puis j'ai repris la route vers le centre-ville au volant de ce tape-cul doté d'une plaque d'immatriculation et d'un certificat contrefaits plus vrais que vrais, gracieuseté de la maison. À preuve qu'on peut toujours avoir besoin d'un petit brigand.

Au son de la radio qui jouait ses airs de Noël, je me suis faufilée dans le trafic du temps des fêtes parmi les guirlandes de lumières multicolores, sous un ciel nuageux. Aux feux rouges, je regardais, attendrie, circuler les badauds chargés de cadeaux, leurs yeux *étincelant* d'une humanité qu'on ne voit jamais briller autant qu'en cette période de l'année. Et je priais. Je priais pour l'avoir aussi, mon Noël ; ça et pourquoi pas, tant qu'à y être, une bonne et heureuse nouvelle année, pour faire changement.

En tournant sur Saint-Jacques, j'appris, au cours du bulletin de nouvelles, qu'ayant reçu leur congé de l'hôpital le matin même, les trois morons avaient tous réintégré leur domicile de Mont-Laurier, et que l'enquête se poursuivait toujours.

Au bout d'une éternité, j'ai fini par réussir à me garer aux alentours du palais de justice et à trouver sans trop de mal mon chemin jusqu'au bureau des procureurs de la Couronne. Sans un mot, j'ai laissé à une réceptionniste un colis adressé au procureur en chef, renfermant l'ordinateur de Bob, lequel contenait toujours les vidéos incriminantes. Question de faire gagner du temps à un système réputé pour faire du surplace, j'avais accompagné le tout d'une note révélant l'identité des trois crapules, en plus de celle de Bob. Puis j'avais ajouté en majuscules : JE VOUS LES DONNE TOUT CUITS DANS LE BEC.

La réceptionniste, affublée d'un pull aux motifs de poinsettias et d'un chapeau de père Noël, s'empressa de me demander mon nom tout en sirotant son latté à la cannelle Tim Hortons.

— Némésis, ai-je répondu.

— Né-mé-sis, a-t-elle lentement répété après moi tout en inscrivant le nom sur l'enveloppe. Avec un z?

— Non, ai-je répliqué. Avec deux ailes et un cul.

Chapitre cinq

POULIOT

Au bout de quelques jours, on a fini par quitter l'hôpital et rentrer chacun chez soi, tout juste à temps pour le réveillon de Noël, plus qu'un moignon de bite entre les deux jambes, c'est vrai, mais tout de même soulagés d'avoir, du moins pour le moment, échappé à la justice.

Entre-temps, la femme de Lemieux, qui avait tout deviné des raisons de ce charcutage, avait sacré son camp à Montréal, la marmaille sous le bras. *Goodbye Charlie*. Celle de Racine s'était évertuée à effacer avec du Comet, sans jamais y parvenir tout à fait, le mot accusateur tracé sous les pieds de son époux à l'encre indélébile. La mienne, plus pragmatique, s'était contentée de couvrir le scandale d'une paire de chaussettes tricotées par sa mère. Nul besoin de préci-ser qu'avec une étiquette pareille, aucun de nous trois n'a pu s'attirer les faveurs des infirmières, les changements de pansements se transformant en séance de torture sous l'œil complaisant des médecins, et les toilettes matinales en agression armée. Vous n'imagineriez pas les dommages qu'une simple éponge peut laisser sur le corps d'un homme.

Pour la police, qui n'avait encore rien trouvé contre nous en matière de crimes sexuels, il semblait évident que Bob était à l'origine de ce qui nous avait été infligé. Le motif pour le moins nébuleux de son geste restant encore à découvrir. Ne manquait plus qu'une preuve béton, laquelle serait assurément fournie par les pièces à conviction récoltées lors des perquisitions, ou par les résultats de tests et autres analyses auxquels le labo judiciaire s'affairait.

Quoi qu'il en soit, il ne faisait aucun doute, selon l'enquêteur, que la justice tenait le coupable par les couilles. Nous, on ne l'avait pas trouvé drôle et on s'était regardés sans rien dire. On savait trop bien que le gros Bob était le seul témoin à détenir l'élément clé pouvant nous envoyer irrémédiablement à l'ombre. Ce n'était qu'une question de temps avant que les escouades du crime contre la personne le dénichent. Allongés dans nos lits de malades, on avait continué à jouer les martyrs sans péter plus haut que le trou et à ruminer notre affaire.

Dire que sans cette maudite vidéo, on aurait pu dormir sur nos deux oreilles, les boys et moi. Mais non, il avait fallu que ce foutu Bob immortalise la scène et qu'il nous fasse chanter en agitant cette menace au-dessus de nos têtes. Alors au sortir de l'hôpital, on s'était dit qu'après toutes ces années, il était temps que ça cesse. C'est dans ce contexte-là que nous avons planifié de payer à Bob une petite visite de courtoisie, si vous voyez ce que je veux dire, question d'aller récupérer la vidéo et de classer ainsi l'affaire une bonne fois pour toutes.

Chapitre six

SYMONE

Quand j'ai repris connaissance, au lendemain de ma raclée, Oprah était revenue s'allonger sur moi pour me tenir au chaud, allez savoir depuis combien de temps. À voir le soleil décliner dans le ciel, j'ai estimé qu'il devait être autour de quatorze heures. De peine et de misère, je suis sortie de la remise et j'ai fait fuir la bichette du mieux que j'ai pu, afin de lui éviter une mort certaine. Elle a fini par se résigner à décamper dans les bois en se retournant vers moi, de temps à autre, les yeux tristes et la tête basse, juste pour voir si, à tout hasard, je n'étais pas disposée à changer d'idée. Quand j'ai vu son petit cul et son nœud Gucci disparaître pour de bon entre les arbres, le cœur m'a fait si mal que j'en ai pleuré comme un veau.

Puis je suis allée jeter mon corps meurtri sous les jets chauds de la douche, dans l'ancienne chambre de

Clara, y laver mon bonnet et décroûter mes cheveux. Dans la trousse de premiers soins qu'elle y avait laissée, j'ai trouvé de quoi refermer les entailles sur mon crâne, recoudre le lobe de mon oreille et couvrir le reste des dégâts. Ensuite je suis allée m'affaler sur le lit en espérant pouvoir me retaper avec le sachet d'arachides et la Kit Kat trouvés au fond du frigo, tout ça pendant que mon petit dansait la lambada dans mon ventre et que, mise à sécher sur le radiateur, ma tuque ressemblait à un rat mort.

CLARA

Vers onze heures, j'ai garé le Bronco dans la rue, juste devant les portes tournantes. J'ai sorti les sacs et le fourre-tout du coffre arrière et je suis entrée dans la banque l'air innocent, saluant au passage les employés qui, sans doute portés par l'esprit des fêtes, s'empressaient de me saluer à leur tour et de m'offrir leurs vœux de circonstance. Une première depuis que mon escroc de mari faisait peser sur moi aussi sa disgrâce et son discrédit.

Par l'ascenseur, je suis descendue à la voûte où l'on m'a laissée entrer après avoir scrupuleusement vérifié mon identité. Puis j'ai foncé vers les deux grands coffres de sûreté qui nous étaient alloués. En un temps record, j'ai rempli les sacs et le Vuitton de toutes les liasses de billets qu'ils contenaient, sauf un seul que j'ai laissé là, et sur lequel j'ai inscrit *Fuck you* au rouge à lèvres Lancôme. Quant aux bijoux, je les ai empilés autour de mon cou l'un sur l'autre, à la manière de ces femmes girafes que l'on voit dans *National Geographic*. Puis j'ai fourré au fond de mes poches les bagues et les broches, ainsi que les boucles d'oreilles. Van Cleef, Chaumet, Boucheron, Bulgari, Cartier, Harry Winston. Un festival de diamants et de pierres précieuses à couper le souffle dont je lestais mon corps et mon manteau en prévision de ma grande aventure, de peur d'être emportée par le vent du nord, j'imagine, et de rater mon rendez-vous avec mon nouveau destin.

Aidée par un commis, j'ai chargé un charriot des millions de dollars que j'avais entassés dans mes sacs, j'ai repris le chemin de l'ascenseur, puis enfin, celui de la rue. L'hiver sentait bon, et le soleil, comme un gars pas sûr de lui, se frayait timidement un passage à travers les nuages. Je le sentais, le ciel virerait au bleu avant que ne sonne midi. Le temps ne peut quand même pas toujours être à pleurer.

*

À 19 h 03, quand Bernard foula le sol de notre maison, ma mise en scène était parfaitement achevée. Je peux vous dire que ma mère aurait été fichûment fière de moi.

Sinatra chantait Noël à tue-tête, un magnifique feu de bois frétillait dans la cheminée, et l'odeur du gigot d'agneau cuisant lentement se répandait partout jusque dans les moindres recoins, ouvrant ainsi l'appétit de Bernard, et l'invitant à la détente. Quant à la table, elle était dressée comme pour y accueillir un roi, les petits plats dans les grands accompagnant la verrerie Saint-Louis, et l'argenterie disposée presque au grand complet sur la nappe de dentelle.

Ce faste brillait sous les lueurs ondoyantes et languides des bougies qui conféraient à ma tenue impudique encore plus d'indécence. L'ensemble de l'œuvre, réfléchie dans les moindres détails, annonçait clairement sous quels auspices libidineux la soirée promettait de se dérouler. Mais ce n'était que de la poudre aux yeux, des mirages de plaisirs et de jouissances, un leurre cachant une nasse inextricable dont mon mari ne se libérerait plus jamais une fois ma vengeance accomplie.

Au final, on pouvait dire que, malgré la découverte des journaux de ma Sabine, mon plan de match était resté inchangé. Ce qui prouve qu'une même arme peut servir à célébrer tout autant qu'à détruire un homme. Ne dit-on pas que c'est l'intention qui compte?

Bref, hormis le changement de véhicule et la lucrative razzia dans les coffrets de la banque, deux précautions qui n'étaient pas initialement prévues au programme, je n'avais pas eu à modifier significativement ma to-do list. Repas de folie, préparé avec une frénésie d'enfer et une inspiration divine ; nuit lascive ; et surtout ivresse, oh mon Dieu, oui, ivresse, ivresse… Car chacun sait que c'est lorsqu'il se vautre dans les vapeurs d'alcool que l'homme vain court le plus vite à sa perte. Nul besoin de l'occire de vos propres mains pour le faire disparaître. Il suffit de lui donner à boire assez pour que, lorsque vous lui murmurez « chiche » à l'oreille, le con s'élance de son plein gré du haut de la falaise où vous l'avez conduit, convaincu que des ailes lui pousseront juste à temps pour atterrir en douceur.

C'est ça. Soûl, Narcisse n'est plus qu'une misérable marionnette. Alors que, porté par sa suffisance, il se croit propulsé dans les hautes sphères de l'Olympe, c'est vers les rives du Styx qu'il pique du nez, tête première, là où l'attend son humiliante défaite, sous les yeux ravis des victimes qui se réjouissent de le voir enfin payer son dû.

*

À mon retour de la banque, j'avais aussitôt renvoyé Mariette chez elle pour Noël. Pendant qu'elle finissait de rapailler ses petites affaires, son béret de mohair déjà posé sur sa chevelure d'argent, j'avais attaché à son cou une rivière de diamants rapportée de ma rafle matinale.

— Joyeux Noël, Mariette, lui avais-je murmuré tendrement, alors que, tout en se mirant dans le miroir du hall d'entrée, éberluée, elle protestait avec véhémence. Merci pour tout, et pardon pour le reste, avais-je ajouté, tout bas, le cœur dans la gorge.

— Dieu du ciel! Madame Clara… Ça n'a aucun sens. Comment voulez-vous que j'accepte un cadeau pareil! Dites-moi que vous n'êtes pas malade, au moins? m'avait-elle demandé, en me remettant le collier.

— Tout de même un peu, avais-je rétorqué en attachant de nouveau le bijou à son cou, faisant fi de son refus. Vous savez ce que c'est, Mariette. *Elle court, elle court, la maladie d'amour!*

— Eh bien, avait soupiré la vieille dame, on peut dire que vous en avez de la chance. Parce que moi, la maladie d'amour, je ne sais plus trop à quoi ça ressemble, et depuis longtemps. Tout ce qu'il me reste, ce sont les autres, les vraies. Celles qui vous pourrissent la vie et qui vous obligent à visiter le docteur à tout bout de champ pour obtenir des ordonnances de bêtabloquants, de nitro ou de statines. Croyez-moi, madame, à mon âge, les histoires de cœur n'ont plus rien de sentimental.

Debout dans l'embrasure de la porte, je l'avais longuement regardée se diriger à pas prudents, sur le trottoir glacé, vers sa vieille voiture parquée tout près. Je me

disais que ce collier était une bien modeste compensa-
tion en regard du spectacle horrifiant qu'allait devoir
se taper Mariette à son retour prévu le 27 décembre.

— Joyeux Noël! m'avait-elle lancé de loin, un brin
perplexe, en agitant sa main gantée, tandis qu'une
étrange tristesse passait dans son regard – l'ombre
d'un mauvais pressentiment que les diamants, pourtant étincelants sous le soleil de midi, n'arrivaient pas
à éclipser.

— À vous aussi, avais-je répondu avec émotion, sans
savoir si je reverrais Mariette un jour.

*

Plus tard, dans le bureau de Bernard, je pris du
papier à lettres et des timbres. Google m'avait fourni
l'adresse dont j'avais besoin. Je m'installai à la table
de travail et j'écrivis deux longues missives qui, adres-
sées séparément, seraient ensuite envoyées vers une
même destination, glissées ensemble dans une seule
enveloppe, dûment timbrée et cachetée. Sur une autre
feuille, je rédigeai un court message que j'insérai, avec
une clé, dans une autre petite enveloppe. Le tout
rejoignit mon passeport, dans le Vuitton débordant
de joaillerie, puis j'allai arroser le gigot et m'occuper
du vin en priant pour que l'avion de Bernard n'ait pas
de retard.

RICHARD

En arrivant à Amos, le matin du 19, j'ai filé sur la Principale. Toute la petite ville était endimanchée pour les fêtes. On aurait dit un de ces jolis villages miniatures placés sous le sapin de Noël pour émerveiller les enfants. À deux pas de la cathédrale, j'ai pris une chambre dans le petit motel pas chérant mais chaleureux où j'avais l'habitude de descendre, coincé entre une quincaillerie et un Familiprix.

En entrant j'ai déposé mon stock sur le lit et, épuisé par ma déprime et ma longue ride, je suis allé m'asseoir au bar du resto quasi désert. Seul un pauvre type tétait une bière au fond, près des toilettes, une cigarette au-dessus de l'oreille et ça d'épais de poils qui lui sortaient du nez comme deux bouquets de craquia. J'ai aussi croisé un collègue de Val-d'Or avec qui j'avais fait la route de glace et qui avait aidé les pompiers à me sortir de la carcasse après mon crash sur le pont de Deh Cho. Un vieux de la vieille, qui était sur son départ et à qui j'ai souhaité un joyeux Noël. Puis j'ai commandé un petit-déjeuner que j'ai mangé sans appétit, tout en regardant les passants aller et venir dans la rue à travers la fenêtre ornée d'un décalque de neige en aérosol et d'une guirlande dorée pinée aux thumbtacks ici et là.

Je pensais à Clara. J'essayais d'évaluer les chances que la vie nous remette un de ces quatre sur le chemin l'un de l'autre. Un calcul de probabilités plus compliqué encore que celui auquel s'adonnent les pelleteux de nuages qui pensent pouvoir un jour faire sauter la banque à Vegas. Pas que j'étais pessimiste, loin de là, simplement j'étais plutôt réaliste. Car comment retracer une femme dont on ignore jusqu'au nom de famille? Aussi bien chercher une aiguille dans une botte de foin. Quand bien même j'aurais eu de la graine de détective dans le sang, la vérité c'est que les possibilités de retrouvailles étaient presque nulles. Mon chien était mort, comme on dit. Ce n'était pas si dur à comprendre. C'est ce que je me disais en finissant de boire mon café.

J'ai réglé mon repas à la serveuse. Une petite boulotte souriante boudinée dans des bas de soutien qui bruissaient chaque fois que ses cuisses replètes frottaient l'une contre l'autre. Squish, squish, squish.

— Merci, madame, que j'ai dit en lui remettant son pourboire.

À quoi elle a tout de suite répondu:

— Appelez-moi Simone.

En entendant ça, j'ai aussitôt saisi la clé de ma chambre et je suis rentré pleurer comme un enfant. Symone, crisse. Comment avais-je pu laisser ma petite waitress poquée derrière moi, aux mains de ce crackpot de Bob, dans un bled perdu, au beau milieu des fêtes de Hanoukka et moins d'une semaine avant Noël?

Quand j'ai finalement pris le combiné du téléphone de ma chambre pour appeler au Thank God et parler à Symone, le gros pitbull a jappé qu'il n'y avait pas de Symone icitte avant de raccrocher subito presto. Je me suis dit qu'elle avait peut-être enfin décidé de prendre ses cliques pis ses claques et de sacrer son camp loin de ce salopard qui de toute façon aurait un jour ou l'autre fini par la tuer. Qui sait si elle n'avait pas pris un vol à destination de Tel-Aviv, pour aller célébrer là-bas le fameux miracle de la fiole d'huile de Hanoukka, et se payer du même coup une petite virée à Jérusalem, au mur des Lamentations, histoire de mettre toutes les chances de bonheur de son bord? Sans doute était-ce ce qu'elle avait fini par faire, tiens. Parce que franchement, quelles autres options avait-elle encore?

Le retour à la case départ, c'est parfois tout ce qu'il nous reste.

CLARA

Bernard parut d'abord surpris et un tantinet suspicieux devant tant de flafla. Mais une fois confortablement assis au coin du feu à engloutir sans retenue mes huîtres Rockefeller, ainsi qu'une enfilade de verres de Ruinart, il parut se délasser un peu sans trop se poser de questions. À vrai dire, il semblait apprécier la cérémonie de bienvenue que je lui avais réservée, comme si elle lui était due et qu'il n'y avait aucune raison, pour un homme aussi formidable que lui, d'attendre moins que ça de ma part.

Le mélange d'Ativan et de champagne fit des merveilles. Grâce à un faible dosage parfaitement ajusté pour les circonstances, j'ai réduit à néant ce qui aurait pu subsister de circonspection et d'anxiété chez Bernard, sans pour autant affaiblir sa capacité de souffrir. Nurse Clara reprenait du service.

Au bout d'un certain temps, mes petits seins mous, ballottant dans la corbeille de mon soutien-gorge, parvinrent enfin à distraire Bernard de l'attrait qu'exerçaient sur lui les huîtres gratinées. Entre le cul et la panse, l'abruti fortuné en vient toujours à choisir le plus primaire des deux. Le désir de tremper son pinceau entre les cuisses de la première cocotte en vue l'emporte sur n'importe quelle prouesse gastronomique, même s'il s'agit de la soupe d'artichaut à la truffe noire de Guy Savoy.

Mettons que ça en dit long.

Après quelques tripotages destinés à faire miroiter à mon mari une suite torride, je décidai qu'il était temps de passer à table et par le fait même, aux choses sérieuses. Quand il humecta le bout de ses lèvres dans le Romanée-Conti que je lui avais versé, et dans lequel j'avais pris soin de laisser se dissoudre une généreuse quantité de Viagra, son ravissement fut tel qu'il se mit à bafouiller :

— Ce vin est… Il est, comment dire ? Ce vin est tout ce qu'il y a de plus… merde, enfin… je ne trouve pas le mot…

— Bandant ! m'exclamai-je pour sortir ma crapule de mari de son brouillamini linguistique.

Sur ce, je m'empressai de retirer ma petite culotte, qui, à ma grande surprise, était déjà humide d'anticipation à l'idée d'en arriver enfin à l'étape tant attendue du règlement de compte. Mouiller de haine, j'avoue bien humblement que je n'aurais jamais cru cela possible. Pourtant, tout le monde sait pertinemment que certains hommes, eux, bandent de mépris depuis des millénaires !

En tout cas, le gigot était cuit et Bernard aussi.

Sans attendre, j'entraînai mon mari jusque dans notre chambre, supportant sans rien dire, pendant tout le parcours, ses pelotages rustres et indélicats, ainsi que ses remarques vulgaires et offensantes. Une fois rendu, il se laissa tomber à la renverse sur le lit, le souffle court et la bouche avide, impatient de se faire faire un pompier qu'il espérait à la hauteur de ses attentes, et de pouvoir ensuite achever son épopée croustillante en me besognant sans ménagement jusqu'au paroxysme, au beau milieu d'une fessée aussi foudroyante que retentissante.

«Tu peux toujours rêver», pensai-je, tout en farfouillant d'une main dans le tiroir de la table de chevet.

En chemin vers une trique qui promettait de fracasser le record Guinness, Bernard s'abandonna sans méfiance à mes bons soins. Convaincu d'être au seuil d'une baise inoubliable avec une épouse flétrie, mais qui en revanche semblait avoir retrouvé de sa libido d'antan, il était loin de se douter d'être en fait sur le point de passer au cash. L'heure était à l'expiation.

RICHARD

Au beau milieu de la nuit du 23, alors que je rentrais d'une petite promenade à pied, le cœur triste et l'esprit sombre, la clé USB que j'avais trouvée par hasard sur le plancher du Thank God, à la suite du départ de tout le monde après le party du 18, tomba accidentellement de ma poche. Je me rendis compte que j'avais en effet oublié, avant de reprendre la route, de la laisser près de la caisse, au cas où quelqu'un serait revenu la réclamer.

Je déposai donc nonchalamment l'objet sur la table près du lit, à côté de mes clopes, et m'allongeai devant la télé. Puis, au bout d'un moment, sans doute encouragé par l'ennui, le cafard et le désœuvrement des derniers jours, je fus pris d'une curiosité soudaine qui me poussa à insérer la foutue clé dans le lecteur de mon portable, et à attendre que son contenu s'affiche sur l'écran pendant que je faisais des ronds de fumée.

CLARA

Grisé tant par l'alcool que par le désir de se laisser happer de plus en plus profondément par les spirales du stupre, Bernard était si absorbé par l'expectative de sa jouissance qu'il ne tiqua pas le moins du monde lorsque, ayant finalement mis la main sur les foulards de soie que je cherchais, je le ligotai au lit d'un geste ferme.

Pieds et poings liés, et aux prises avec un priapisme qui ne donnait aucun signe de relâchement, mon cher époux commença graduellement à perdre de sa superbe. Étant donné la quantité de Viagra ingérée, il ne fallut qu'un peu plus d'une heure aux corps caverneux suppliciés pour crier au secours.

Moi qui avais craint d'éprouver, à ce stade précis, une sorte de remords, voire un malaise ou, pourquoi pas, un sentiment de honte, voilà que je trouvais au contraire à m'accommoder sans peine de la situation, tant et si bien que même au plus fort des supplications de Bernard, je pus rester calme et en parfaite maîtrise de la situation.

À vingt-trois heures trente, bien calée dans le fauteuil de brocart que j'avais pris soin d'approcher du lit, j'achevai de lire à voix haute les passages les plus troublants des écrits de Sabine. Quant à Bernard, qui avait le culot de tout nier en bloc, il affichait la même rigidité affreusement douloureuse depuis plus de quatre heures. Ce qui, médicalement parlant, signifiait que ses chances d'être sauvé de la flaccidité éternelle venaient grosso modo de s'éteindre. L'espoir de pouvoir un jour encore hisser son mât de malheur rejoignait maintenant le monde des chimères et des utopies, et celui des souvenirs qui font pleurer de regret. En bon français, c'était « fall ball ».

D'autant plus que, ne voulant rien laisser au hasard, je parachevais ma mission d'un geste assuré, pliant de mes deux mains l'organe qui craqua alors comme du petit bois qu'on casse d'un coup sec. Rien de moins qu'une apothéose. Le cri de douleur et d'épouvante que lâcha alors Bernard envahit toute la maison en Dolby Surround. Se faufilant sous la porte et gagnant l'air libre par la cheminée, il finit par se répandre en écho dans tout le quartier où certains crurent reconnaître des hurlements de grand méchant loup désespéré, tandis que d'autres auraient juré percevoir des débordements de noctambules s'égosillant sur le *Minuit, chrétiens*.

Dehors, en marchant vers le Bronco, je pouvais encore l'entendre, ce cri, faire éclater de sa stridence le silence de la nuit. Une torture pour les oreilles autant que pour la lune, qui, pas folle, s'empressa de fuir derrière le premier nuage venu.

— On dirait bien que les partys des fêtes commencent, fit un vieil homme pendant que son beagle se soulageait contre un poteau d'Hydro. Y en a qui s'amusent ferme, ça m'a tout l'air!

— Oui, répondis-je. Très ferme, comme vous dites.

Le Bronco démarra au quart de tour et je fonçai vers le nord, le cœur en paix. Je fis un court arrêt devant une boîte aux lettres dans laquelle je laissai tomber la grande enveloppe. Puis roulant sur la 15, je m'éloignai de la ville après avoir largué, du haut du pont Gédéon-Ouimet, mon téléphone dans la rivière des Mille-Îles à moitié gelée.

Si tout allait comme prévu, je serais de retour au Thank God avant l'aube.

Chapitre sept

SYMONE

À seize heures, je fis mon apparition au casse-croûte sous le regard ahuri de la poignée de clients qui s'y trouvaient attablés. À demi réparée, à peine présentable, on m'aurait dit tout droit sortie d'un hachoir à viande. Lorsque je passai derrière le comptoir, sans dire un mot, pour chercher le rouleau de duct tape en vue de rafistoler les lacérations de mon manteau d'où sortaient des boules de duvet, Bob leva sur moi ses yeux vitreux et jaunis.

— Batinse ! s'exclama-t-il en avalant de travers, quelque peu surpris lui-même par l'ampleur des stigmates laissés par son attaque de la veille.

Puis, un sourire aux lèvres, il m'observa longuement.

— Coudonc, chose, t'es-tu battue avec un carcajou ?

— …

— T'es-tu vue?

Alors que je nouais mon tablier en jetant un œil sur le tableau des commandes, Bob s'approcha de moi, auréolé de son odeur repoussante.

— Comme ça la p'tite madame s'est payé une grasse matinée. Si c'est-tu pas cute. Ça s'adonne qu'on n'a pas tous eu cette chance-là, ajouta-t-il à l'adresse des clients, ça fait qu'il serait temps que tu te grouilles. Une paye, ça se mérite tu sauras. La table 5 attend son order depuis dix minutes, je te signale. Ah, pis pour l'amour du ciel, Symone, lâcha-t-il d'un air dégoûté, trouve-toi donc des lunettes de soleil, bonyeu. T'écœures tout le monde avec ta face de faux-filet.

J'ai pris la direction de la cuisine et je me suis remise à bosser, incapable d'imaginer comment sortir de cette vie de merde sans y laisser ma peau.

— Tu remarques rien? m'a lancé Bob au moment où je m'apprêtais à faire le service.

— De quoi tu parles?

— Regarde, fit Bob, son gros doigt pointé vers le haut du mur du fond. Pendant que toi, la paresseuse, tu te la coulais douce, moi j'améliorais le décor.

Et c'est alors que je l'ai vue. La tête empaillée de la mère d'Oprah accrochée au-dessus de l'horloge, cette belle biche tuée par Bob pour avoir commis l'impardonnable, c'est-à-dire foutre le bordel dans ses ordures.

Burinés dans la plaque de bois sur laquelle le trophée était fixé, on pouvait lire les mots suivants : LA RAINE DES POUBELS !

Ma désolation n'échappa pas à Bob, qui décida de jouer d'ironie.

— J'espère en maudit que tu l'aimes, m'a-t-il dit. Parce que ça m'a coûté un bras, c't'affaire-là, pis que c'est ton cadeau de Noël.

Je retins mes larmes autant que je pus, mais une petite rigole salée s'était échappée de mes yeux, entraînant avec elle un mince filet de sang qui tomba dans l'assiette que je tenais à la main. Mettons que la soirée allait être longue.

*

À vingt-trois heures trente, le Thank God s'était vidé de son monde. Bob, comme s'il n'y avait plus de lendemain, calait une bière après l'autre, les yeux fixés sur un match de basket. Après avoir fait glisser incognito deux comprimés dans sa bouteille, j'ai regagné notre chambre à pas feutrés, en me croisant les doigts pour que les effets du Dilaudid le plombent au plus sacrant.

Puis je me suis mise au lit, le marteau de mon plan B bien placé sous mon oreiller, les doigts refermés sur le manche – au cas où. J'avais les paupières lourdes et la tête qui tournait. J'aurais tout donné pour pouvoir m'assoupir quelques secondes et cogner quelques clous le temps d'oublier la peur, la douleur et toute ma vie de sans-allure. Mais c'était impossible. Mon petit jouait du coude sans relâche comme pour me dire : Hé ! Hé ! Oh ! Jolie brunette ! Si tu t'endors, on est faits à l'os.

CLARA

J'arrivai au Thank God vers les quatre heures du matin, au moment précis où le soleil pourtant encore lointain javellisait le bleu nuit du ciel pour le faire passer à l'indigo. À la lumière des étoiles, les arbres ployaient sous la neige et le vent brassait doucement l'air glacial. Le genre de brise dont on ne se méfie pas, mais qui finit par vous avoir à l'usure et vous faire claquer du dentier dans votre Canada Goose. Les néons du casse-croûte étaient encore tous allumés, et l'on pouvait clairement voir Bob avachi sur le comptoir, dormir la bouche ouverte et les poings fermés, la joue droite baignant dans une petite flaque de bave. Je me suis dit que Symone avait dû forcer sur la dose. Parfois il faut ce qu'il faut.

J'ai garé le Bronco tout au bout de l'allée, à l'abri des regards. J'allais filer vers la chambre 10 quand Symone est sortie de la sienne.

— Clara? C'est toi? chuchotait-elle, incrédule.

— Rentre, Symone!!! On gèle! Tu vas attraper la crève!

Mais, en digne tête de cochon, Symone restait là, devant la porte, à se demander si elle n'était pas en train d'être victime d'une hallucination.

— Bon allez, que j'ai dit pour la sortir de sa torpeur. Tu crois que tu peux me redonner la 10? À moins, bien entendu, que Charles III s'y soit déjà installé avec Camilla, auquel cas je prendrai le forfait shed.

Symone a ri.

*

Nous sommes entrées dans la chambre sans allumer la lumière pour ne pas risquer d'alerter le gros Bob. Je ne voyais rien de Symone, ni son visage ni son corps, mais j'entendais chaque inflexion de sa voix, tantôt douce, tantôt dure. Un enchevêtrement de mots empreints de ressentiment, d'affection et de soulagement.

— Où est Richard? ai-je demandé, émue et légèrement paniquée.

— Parti, qu'elle a répondu. Qu'est-ce que tu crois ?

— Parti où ?

— Parti tenter de t'oublier, c't'affaire. Parti sur la galipote le 19 au matin. Tu t'imaginais quoi, madame la baronne ? Qu'il allait rester ici à t'attendre jusqu'à Rosh ha-Shanah ? Elle est bien bonne, celle-là.

— Et Oprah, elle ?

— *Gone with the wind*, elle aussi, fit Symone en pleurant presque. La vie change vite, de nos jours. On cligne des yeux et soudain plus rien n'est pareil.

C'est alors que je me suis effondrée à l'idée d'avoir peut-être perdu Richard. Symone, toujours dans la pénombre, a glissé ses doigts d'ange dans mes cheveux et m'a bordée comme une enfant, avant de ressortir sans faire de bruit.

— Si tu sais prier, Clara, je te dirais que c'est pas mal le bon moment d'y mettre toute la gomme.

*

Je n'ai pas réussi à fermer l'œil une seule seconde. Tant qu'à ne pas dormir, j'ai haussé le chauffage, je me suis enroulée dans une couverture et je suis restée debout à la fenêtre en poussant des soupirs de coiffeuse pas de clients.

Le vent s'était calmé, les routes étaient belles. Je me suis dit qu'il y aurait du monde jusque dans le jubé des orgues à la messe de minuit, et que les coquettes les plus aventureuses s'y rendraient en escarpins plutôt qu'en bottes. Je me suis demandé ce que faisait Sabine. Dans quel party hollywoodien elle fêtait avec son Gaspard, si elle s'était déniché un calendrier de l'avent, ou même une crèche, avec les personnages, le bœuf, l'âne et tout le bazar.

Le front appuyé à la vitre sale, je tendais l'oreille à l'affût d'un bruit de moteur ou encore d'une voix, et je priais. Une foule de questions m'assaillaient. Quelle serait la suite des choses si Richard ne revenait jamais, s'il s'était enfui pour lécher ses plaies au diable vauvert en me maudissant? Qu'adviendrait-il de ma vie si mon envoi se perdait dans tout le courrier des fêtes de Postes Canada, sans jamais atteindre sa destination?

Puis vers six heures, Bob a finalement émergé du casse-croûte, encore pas mal givré, pour réintégrer son antre, chancelant comme une flamme de bougie. Une seconde après, il en est ressorti en catastrophe, sa voix paniquée retentissant à la manière d'un cor de chasse. Symone n'était pas dans la chambre.

— Symooone, criait-il, les mains placées en porte-voix autour de sa bouche. Enweye icitte! Attends pas que j'aille te chercher par le chignon du cou! Je le sais que t'es pas loin. T'as pas une ostie de cenne, épaisse, pis t'as pas de char.

Mais Symone restait introuvable. Selon toute apparence, elle s'était évanouie dans la nature. Dieu sait où elle avait bien pu aller, après avoir quitté ma chambre vers les quatre heures. Inquiète, je suis restée là, cachée derrière les rideaux chenus, à regarder Bob faire le tour du Thank God deux ou trois fois en s'enfonçant dans la neige jusqu'aux genoux, puis revenir s'affaisser devant sa porte, bredouille et à bout de souffle, avant de rentrer de nouveau dans sa chambre.

*

Rongée par l'anxiété, j'ai quitté la 11 à la sauvette, et j'ai entrepris de fouiller les environs à la recherche d'un indice pouvant m'aider à comprendre ce qu'il était advenu de Symone. Une mitaine perdue, un cache-col, n'importe quel signe de vie, quoi. Mais rien. Rien de rien.

Il était huit heures quand, en désespoir de cause, je me suis rendue au casse-croûte boire un café, les mains gelées et les bottes remplies de neige. Je me suis assise devant la grande fenêtre pour surveiller les allées et venues dans le stationnement. Pas de Richard ni de Symone. De quoi virer folle.

Bob m'a regardée en riant.

— Il a décampé depuis longtemps, votre bonhomme. Personne ne l'a revu dans les parages. Si c'est lui que vous êtes venue retrouver, vous perdez votre temps. Et si c'est Symone, pas de luck non plus. Partie sans laisser de traces. Tu parles d'une ingrate.

Au bout d'une heure, en proie au découragement, j'ai pensé à reprendre la route pour n'importe où, mais au lieu de ça, je suis retournée faire le guet à la chambre, au cas où, en me disant que s'il y avait un temps où l'improbable avait des chances de survenir, c'était bien à la veille de Noël.

SYMONE

J'ai bordé Clara et j'ai filé en vitesse à ma chambre, attraper mes bottes, ma tuque et mon manteau. Puis j'ai marché en claudiquant jusqu'à la 117, là où j'estimais avoir les meilleures chances de me bummer un lift direct jusqu'à Amos. Le manche de mon marteau dépassait de ma poche, parce que qui sait sur quel hurluberlu on peut tomber.

Rapidement un camionneur s'est arrêté pour me faire monter. Quand il a vu mon visage et mon gros ventre, il n'a pas su quoi dire. Au lieu de parler, il s'est empressé de saisir son thermos et de me verser un café chaud, de m'offrir le dernier beigne à l'érable de sa boîte Dunkin' Donuts, puis de m'abrier avec une couverture de laine à carreaux.

— Marcel, a marmonné le type, pour se présenter.

— Moi c'est Symone, que j'ai répondu. Avec un *y*.

Puis j'ai dit :

— Je vais à Amos. Je cherche un ami.

— Ça ne pouvait pas attendre au matin ?

— Non. C'est comme une question de vie ou de mort, si vous voyez ce que je veux dire.

— Il s'appelle comment, ton ami ?

— Richard.

— Richard qui ?

— Vous m'en demandez beaucoup, je trouve.

— Je ne veux surtout pas te faire de peine, mais ça part mal en joual vert.

— Son camion est rouge, ses fringues sont à chier, son cœur est bon, ses yeux sont tristes et son fils est mort il y a dix ans pendant qu'il faisait la route de glace.

Le visage du camionneur s'illumina soudain.

— Attache-toi, a-t-il dit en embrayant. T'as de la veine, ma petite. Ton Richard, je crois savoir où le trouver.

*

J'ai tout de suite reconnu le camion, garé au fond du parking, l'écharpe Chanel de Clara toujours nouée au rétroviseur. Après m'avoir aidée à descendre de son mastodonte, Marcel m'a refilé son numéro de téléphone et son adresse courriel gribouillés sur un bout de carton avant de repartir.

— On ne sait jamais. Des fois que t'aurais besoin de moi.

— Merci. Et joyeux Noël.

Puis Marcel a pointé mon ventre.

— C'est pour quand?

— Pour Pâques.

— Le bébé de la résurrection! a-t-il plaisanté.

J'ai calé ma tuque et remonté mon col, puis je lui ai dit:

— Putain! J'espère que vous dites vrai! Parce que, là, franchement, je commence à en avoir plus qu'assez de crever.

*

J'ai frappé comme une barjo avec mes deux poings sur les portes du motel en criant le nom de Richard. Quand il a ouvert, le jacket sur le dos et sa valise sur le lit, c'était évident qu'il était sur le point de se barrer. Planté devant moi, on aurait dit qu'il voyait une apparition.

— Je t'attrape sur ton départ?

— Symone??? Bon Dieu de merde! Qu'est-ce que tu fous ici? Et puis qu'est-ce qui a bien pu t'arriver? a-t-il demandé en remarquant mon visage massacré.

— On passera au small talk plus tard, si ça ne te dérange pas. Pour l'instant, finis de ramasser tes pénates. On flye au Thank God. Y a Clara qui t'attend pour refaire sa vie. Si tu la laisses filer, c'est que t'es vraiment plus con que je pensais.

Richard nous a fait préparer en vitesse un petit-déjeuner à emporter par l'autre Simone qui m'a regardée comme si j'étais une zombie fraîchement déterrée, et on a foncé vers le parc de La Vérendrye dans le soleil levant, le pied au plancher.

POITRAS

Le 24, en après-midi, alors que je sirotais une tasse de lait de poule pendant que ma femme s'occupait d'emballer les derniers cadeaux et que les petits se chamaillaient en jouant au Monopoly, j'ai enfin reçu l'appel que j'attendais. En épluchant toutes les pièces à conviction, ils avaient enfin pu mettre le grappin sur l'élément qu'on cherchait pour inculper le gros lard de Bob dans l'affaire des trois cabochons amputés. L'imbécile avait filmé son méfait avec son cellulaire, dans la cave du Thank God. Fallait-tu être niaiseux. Tout concordait. Avec la fiole d'azote, le Sharpie et les gants de protection retrouvés dans sa chambre, on pouvait dire que la preuve était complète.

Manquait encore le mobile du crime, mais bon. Un procureur connaissant un tant soit peu la poutine saurait bien nous en gosser un, de mobile. Des motifs parfaitement crédibles hors de tout doute raisonnable, ça s'invente. Ça ne serait pas la première fois. On ne montrera quand même pas à un vieux singe à faire des grimaces. Voilà ce que je me suis dit. Un homme n'en équeute pas trois autres juste pour s'amuser. De toute façon, maintenant qu'on tenait cette vidéo, qu'est-ce que la justice pouvait bien exiger de plus pour enfin nous donner le go? Restait plus qu'à aller cueillir Bob comme une fleur.

Seulement, la perspective de quitter mes pantoufles et mon cardigan de laine en cette veille de Noël ne me souriait pas outre mesure. Le vent se levait, le ciel se couvrait et le trafic risquait d'être dense. Me rendre jusqu'à Mont-Laurier n'était pas tout à fait l'idée que je me faisais d'un après-midi de veille de Noël. Surtout que ma femme, me voyant répondre encore une fois à l'appel de ma satanée job à quelques heures seulement du réveillon, aurait tôt fait de péter sa fuse et de me menacer de divorcer. Finir cassé comme un clou dans un trois et demie à Saint-Jérôme, non merci.

Ça fait que j'ai avisé les gars qu'on irait embarquer le gros le 26 au matin, first thing. Personne n'a rouspété. J'ai même senti du soulagement au bout du fil. Qu'est-ce que deux jours de délai, après tout? À ceux qui pourraient potentiellement m'accuser d'avoir laissé traîner l'affaire en longueur, je pourrais toujours faire valoir qu'on manquait d'effectifs. L'excuse à la mode. Et puis je me disais qu'un gars pas de passeport, ça ne pouvait pas aller très loin.

Je me suis resservi une louchée de lait de poule en mangeant des Turtles, après quoi j'ai roupillé tranquillement sur notre Uppland tout neuf de chez IKEA, engourdi par la chaleur du foyer électrique et l'odeur du sapin, sans me douter que mon Noël allait être scrap anyway, vu les développements à Mont-Laurier.

RICHARD

Je n'ai pas soufflé un seul mot à Symone au sujet du contenu de la clé USB. Ça l'aurait anéantie, ma paye là-dessus. Et puis, par respect pour les victimes, c'est pas le genre d'histoire qu'on crie sur les toits. Ça fait que je me la suis fermée. Zip. J'ai préféré continuer à ronger mon frein. Et je me suis gardé de lui dire que je partais justement pour le Thank God quand elle s'est pointée. Une ou deux choses à régler. On va dire ça d'même. Les gens, parfois, moins ils en savent, mieux c'est. Mais en constatant l'état de Symone, je me suis quand même dit que ça me faisait une maudite bonne raison de plus de m'y rendre. Vient un temps où un gars atteint sa limite et que le bouchon saute. Y a toujours bien un boutte à toute, comme dirait l'autre. Ça fait qu'on a roulé, en silence, sur une bonne dizaine de kilomètres pendant que le soleil splashait sa lumière matinale.

— Et Oprah? que j'ai osé demander au bout d'un moment, parce qu'il fallait bien casser la glace.

— Garde donc tes yeux sur la route, que Symone s'est contentée de répondre. Pis au lieu de parler pour rien dire, réfléchis donc à ce que tu vas raconter d'intelligent à Clara qui espère ton retour en priant.

— …

Puis elle me scruta de la tête aux pieds.

— Je te regarde, là, t'aurais pas d'autres nippes moins moches, à tout hasard ? qu'elle a dit en tirant sur mon pull délavé, l'air hautain et la bouche tordue par le dédain. Je te rappelle que c'est Noël.

— Peut-être que si, j'ai murmuré. Je pourrais bien avoir quelque chose dans mon stock. Une chemise portable et un pantalon qui ferait possiblement l'affaire.

Alors le petit boss des bécosses m'a donné l'ordre de me ranger en bordure du chemin, sur les flashers, puis de me changer dehors au grand frette, les bobettes au vent et la morve au nez.

Faut qu'un gars veuille en sacrament.

— Simonac, Symone, penses-tu vraiment que c'était nécessaire ? que je lui ai dit en remontant dans le camion, gelé comme une crotte.

Mais la petite dormait, le marteau à moitié sorti de sa poche, la bedaine débordant du chandail, des bleus plein la face et l'oreille ravaudée à la va-vite comme un talon de chaussette. Ça fait que j'ai pris mon trou pis je me suis remis en route dans ma chemise Jordache et mon pantalon du dimanche.

Un communiant.

CLARA

À midi tapant, les cloches de l'église ont sonné, et le camion rouge s'est engagé dans l'entrée, mon écharpe Chanel flottant au vent tel un étendard. Mes genoux ont flanché.

Puis, avec l'aide de Richard, Symone est descendue du côté passager, plus maganée, frêle et chétive que jamais malgré son ventre qui avait grossi.

Elle a regardé dans ma direction en levant le pouce, fière de son coup, et elle a clopiné vers le resto pour aller faire le service, comme d'habitude, devant un Bob estomaqué qui n'osait rien dire.

LE PROCUREUR EN CHEF

Après ma courte rencontre avec le juge pour une affaire de trafic de cocaïne, je suis repassé à mon bureau en vitesse. J'ai vu le colis qui m'était destiné et sur lequel il était écrit URGENT.

— De qui ça vient? ai-je demandé à mon adjointe, occupée à parler au téléphone.

— Une dame pas rigolote, a-t-elle chuchoté en couvrant l'émetteur de sa main. Némésis.

— Némé quoi ?

— Sis. Avec deux *L* et un *Q* qu'elle a précisé.

— ? ?

— Ne me regardez pas avec cet air-là, maître. Moi, je ne fais que répéter ce qu'elle m'a dit. Les noms à coucher dehors, c'est quand même pas moi qui les invente…

Intrigué, j'ai soupesé le colis, et à l'aide de mon coupe-papier, je l'ai ouvert d'un coup sec. J'allais sortir le petit laptop qui se trouvait à l'intérieur quand un collègue est arrivé en coup de vent pour m'entraîner vers la sortie. Apparemment, nous étions déjà en retard pour le lunch de Noël du bureau, prévu au Bonaparte, juste à côté. Je me suis dit que bof, Néméchose allait devoir attendre. Qu'au fond, ce n'était pas plus mal. Qu'un procureur avait bien le droit de manger sa dinde en même temps que les autres.

RICHARD

Emmitouflé dans ma parka, je suis apparu dans l'embrasure de la porte, ému comme un jeune homme au matin de ses noces. Clara, elle, est restée immobile au milieu de la chambre, enveloppée dans une couverture, le visage marqué par la fatigue et l'étonnement.

On est restés là à se regarder sans rien dire pendant que l'air froid envahissait tout l'espace et que du frimas se formait à la surface des fenêtres. Une éternité.

Puis Clara s'est dévêtue lentement, sans rien précipiter, retirant de son corps frissonnant, un morceau à la fois, tout ce qui le recouvrait. Ne restait plus sur elle que ma gourmette en or encore attachée à son poignet. Doucement, elle est ensuite venue se lover contre moi, le bout des seins durcis et la chair algide. Dehors, le ciel s'assombrissait, le vent sifflait, d'autres routiers débarquaient de partout. Moi, la gorge nouée, j'ai refermé mes bras sur elle en soupirant de bonheur, le cœur battant la chamade. C'était une grâce que je n'attendais plus.

Chapitre huit

SYMONE

Vers dix-neuf heures, ils sont arrivés tous les deux, bras dessus, bras dessous. Je vous jure que je n'avais encore rien vu d'aussi beau de toute ma putain de vie. Lui dans sa chemise amidonnée et elle dans une robe de tricot rouge bordée de blanc. On aurait dit la mère Noël. Le sourire aux lèvres et le visage tout illuminé par la joie de retrouver ce qu'ils avaient cru perdu à jamais, ils ont pris place sous les lolos de Samantha en se regardant les yeux dans les yeux.

Quand je suis enfin venue prendre leur commande, Clara a discrètement glissé une enveloppe dans la poche de mon tablier. J'ai versé de l'eau dans leurs verres et je leur ai récité tout le menu en faisant comme si de rien n'était.

Accrochée sur son mur, LA RAINE DES POUBELS régnait sur la pièce, tandis qu'Elvis chantait *Silent*

Night. Quant aux clients, ils se régalaient du spécial de Noël. Une pointe de tourtière, un morceau de dinde, une portion de carottes glacées et des mousselines à la muscade. Rien de bien sorcier. Plus traditionnel que ça, tu meurs.

Pendant que Bob, comme toujours, fouinait dans sa chambre froide, j'ai vu passer Pouliot, Racine et Lemieux, ils ont fait le tour du parking deux ou trois fois au volant de leur bagnole. Bizarrement, Richard est sorti un instant leur dire un mot. En ouvrant sa fenêtre, Racine a envoyé valser d'une pichenotte son mégot de cigarette, qui est resté là à rougeoyer dans le froid jusqu'à ce que la neige l'achève. Puis au bout d'un moment, Richard est rentré en se frottant les mains, tandis que les trois rapaces, eux, ont repris le chemin du village sans se presser.

Quand autour de vingt et une heures les amoureux se sont décidés à retourner à leur chambre, Clara a laissé tomber en hypocrite deux comprimés au fond de la bière de Bob. Il n'y avait plus âme qui vive dans le casse-croûte. On n'entendait que les souris, dans les murs, se délecter de miettes de tourtière en riant, et le vent se lamenter dans les gouttières. Chacun était rentré chez soi, se coller sur sa femme en attendant minuit pour développer ses cadeaux, et ensuite plonger dans le buffet un verre de cuvée dépanneur à la main.

Avec Bing Crosby qui, le pauvre, en était quitte pour chanter dans le vide son *White Christmas*, on pouvait dire que l'ambiance des fêtes en prenait pour son rhume. Joyeux Noël, mon cul.

J'ai rapaillé la vaisselle sans dire un mot. J'ai nettoyé les tables et j'ai rangé les bouteilles de bière dans les caisses. J'ai décrassé la cuisinière et j'ai sorti les ordures. La lune n'était plus que l'ombre d'elle-même derrière une traînée de nuages, mais l'étoile du Nord, elle, brillait comme un diamant. C'était toujours bien ça de pris.

Sur son tabouret, ça se voyait que Bob commençait à cailler. J'en ai profité pour aller m'enfermer aux toilettes et ouvrir l'enveloppe de Clara qui était toujours au fond de ma poche. Douze petites lignes de rien du tout, mais qui allaient changer à jamais la trajectoire de mon existence.

CLARA

Alors que les cachets assommaient Bob et que Symone était occupée à fermer la place, Richard et moi avons sorti un grand sac de sport ainsi que le fourre-tout Vuitton qui étaient entassés dans le coffre du Bronco, pour ensuite aller les déposer dans le camion de Richard.

— Calvinse, Clara, veux-tu bien me dire ce qu'il y a dans ces sacs-là? Ça pèse une tonne!

— Qu'est-ce que tu veux que je te dise, ai-je rétorqué sur un ton snobinard. Nous, les femmes, voyager léger, on ne connaît pas ça.

Puis nous sommes retournés dans la 11, attendre le moment parfait pour partir sans laisser d'adresse.

Finalement, c'est vers vingt-deux heures trente que Symone est sortie de sa chambre dans son manteau tout juste bon pour la scrap, le ventre à moitié à l'air, le visage ravagé, son marteau et deux sacs de plastique à la main. Le contenu d'une vie, quoi. Aussi bien dire presque rien.

Pendant que le gros Bob roupillait en pétant, affalé sur le comptoir du casse-croûte illuminé, Richard a approché le Bronco. Il a vérifié les niveaux d'huile et de liquide lave-glace, et donné une couple de coups de pied sur les pneus, rien que pour voir. La petite a fait démarrer le véhicule et elle a tourné la tête en direction de notre chambre, juste au cas où elle me verrait lui faire un signe. Mais j'étais bien trop occupée à pleurer toutes les larmes de mon cœur pour me montrer à la fenêtre. De ses mains nues, Richard a déneigé la lunette arrière, après quoi il est allé embrasser Symone avant de la laisser enfin partir pour Dieu sait où. Elle n'avait pas encore tourné le coin qu'une petite neige s'est mise à tomber, aussi fine que de la poudre d'escampette. Richard est resté debout, raide comme un piquet. Puis, étranglé par l'émotion, il a crié JOYEUX NOËL en levant la tête vers le ciel. On aurait dit un loup appelant sa meute.

SYMONE

Je me suis rendue lentement jusqu'au premier croisement, dans un curieux mélange d'exaltation et de chagrin. Plus loin, à la hauteur de la voie ferrée, la barrière s'est abaissée. Pendant que le train passait en sifflant, j'ai ressorti la lettre de Clara pour la relire. Quelque chose m'échappait.

> *Symone, ma petite biche,*
>
> *Voilà ta chance. Je t'en prie, saisis-la! Au fond de l'enveloppe, tu trouveras la clé du Bronco garé derrière. Il contient tout ce qui peut te permettre de refaire ta vie ailleurs et d'élever ton enfant dans la paix et la quiétude. Une fois que Bob sera bien endormi, prends tes affaires, fonce sans te retourner et disparais en fumée. C'est pour toi le seul moyen de renaître de tes cendres et de revenir enfin de ton passé.*
>
> *Je t'aime,*
>
> *Clara*

Je suis restée là, interdite, à me mordiller les lèvres pendant que les wagons défilaient avec fracas, et à tenter de décoder ce que cette lettre pouvait vraiment vouloir dire. Puis soudain j'ai compris. *Il contient tout ce qui peut te permettre de refaire ta vie ailleurs et d'élever ton enfant dans la paix et la quiétude.* Alors je suis sortie du Bronco, j'ai ouvert le coffre et j'y ai trouvé un grand sac de sport que je me suis empressée d'ouvrir. C'est là que j'ai vu les billets de banque. Bordel. À l'œil, on aurait dit qu'il y en avait pour un million ou deux, qui sait, peut-être même plus. J'ai eu un petit vertige.

Alors je suis remontée à bord du véhicule, médusée. La radio jouait *Le Messie* de Haendel et les essuie-glaces chassaient la neige du pare-brise à mesure qu'elle s'y posait. Flick, flick, flick. Le train a fini par s'éloigner et la barrière s'est relevée. C'est à ce moment précis que je l'ai aperçue, de l'autre côté des rails, radieuse dans le rayon éblouissant des phares, toujours aussi joliment décorée de son ruban Gucci. Oprah.

J'ai laissé le moteur tourner quelques secondes en me demandant quoi faire, et j'ai fini par ouvrir la portière arrière. Oprah est montée d'un bond sur la banquette, l'air de dire «eh ben, c'est pas trop tôt».

— Mais je t'en prie, mamzelle, fais comme chez toi! ai-je répondu, en la regardant s'installer confortablement pour dormir.

J'ai poussé le chauffage à fond, puis j'ai clignoté à droite, et ensuite à gauche, pour finalement choisir de filer tout droit, toute l'étendue de mon avenir devant moi.

RICHARD

Un homme tel que moi a besoin d'avoir le cœur accroché solide en sainte étoile pour regarder sans péter au frette, impuissant, des fillettes se faire filmer pendant qu'on leur vole leur enfance et du même coup, forcément, tout leur avenir.

Des plans pour avoir envie de tuer.

Ça fait que c'est comme ça que l'idée de quitter Amos pour revenir au Thank God m'est venue. Mais je n'ai rien dit de tout ça à Clara. Un gars a droit à son jardin secret.

Quand j'ai vu Racine, Pouliot et Lemieux venir rôder autour du casse-croûte, pendant la soirée du 24, je me suis dit que l'occasion était trop belle pour la laisser passer. J'ai marché jusqu'à eux avec ma face de bon diable, celle qui peut facilement laisser croire que je ne suis pas foutu de faire de mal à une mouche, et je leur ai baratiné une belle histoire brodée de velours. Bob jurait n'être pour rien dans leur charcutage, bla, bla, bla, et souhaitait faire la paix. Qu'il les attendrait tous les trois pour prendre un verre autour de minuit, au Thank God, une fois la place fermée. En gros, c'est à peu près ce que je leur ai dit. Ça a eu l'air de leur plaire. Quant à ce qui s'est réellement produit, y a qu'à lire les manchettes.

Jusqu'à ce jour, tout le monde a cru à un accident.

POULIOT

Après avoir parlé à Richard dans le parking, on avait convenu entre nous que le 24, juste après la fermeture du Thank God, serait effectivement le moment idéal pour aller récupérer la vidéo, et ainsi classer l'affaire une bonne fois pour toutes. Les prétendues bonnes intentions du gros Bob, on n'y croyait pas pantoute. Mais, pas cons, on a fait comme si, histoire de ne rien laisser filtrer des nôtres.

Nous, bande de caves, on s'était imaginé qu'on aurait pu régler son compte à Bob, et après ça retourner à la maison, peinards, attaquer la dinde farcie et se lancer dans les atocas et les beignets aux patates, le cœur léger et l'esprit tranquille. Excepté ce pauvre Lemieux, évidemment, qui lui n'avait plus personne avec qui fêter ni trinquer. Mais non. C'eût été trop beau pour être vrai.

Ah. Pour une belle stratégie bien ficelée, on peut dire que c'en était toute une. Sauf que, de toute évidence, les choses ont finalement tourné autrement.

CLARA

En marchant vers le camion, je ne pouvais m'empêcher de penser qu'à cette heure-là, nul doute que le
procureur avait déjà visionné les vidéos révoltantes, et
que toute la gang de schmocks allait enfin être épinglée.
Dommage que nous serions déjà trop loin pour voir ça.
Et puis je pensais aussi à Bernard, écartelé sur son lit,
la bite à jamais hors d'état de nuire. La tentation était
grande de me péter les bretelles, mais en vérité, c'est
plutôt vers l'avenir que je souhaitais dorénavant me
tourner, vers la lumière et la bonté du visage radieux de
Richard. À quoi bon patauger dans les ténèbres maintenant que j'avais fait ma part pour rendre le monde un
peu meilleur, et que le bonheur semblait enfin disposé
à étendre quelques-uns de ses tentacules sur ma vie.

Ça fait qu'en passant devant la benne, au bout du
terrain, j'ai jeté mon flacon de Dilaudid sans même
me retourner.

*

Pendant que Richard faisait chauffer le moteur du
camion, j'ai retiré mes bottes et mon manteau et je
me suis calée dans la banquette, prête à faire de la
route jusqu'au bout du monde. Les flocons tombaient
abondamment, balayés par le vent qui venait de virer
de bord. En riant, j'ai repensé aux coquettes qui
s'étaient rendues à la messe, chaussées de leurs plus jolis

escarpins, et qui allaient devoir ensuite refaire tout le chemin à l'envers, de la neige jusqu'aux chevilles.

Richard s'est soudain tourné vers moi.

— Clara qui, donc ? Tu ne me l'as jamais dit.

— Clara Némésis, que j'ai répondu.

— C'est pas un nom de déesse, ça ?

— On voit que tu connais tes classiques !

— Tu me prends pour un con ou quoi ?

— …

Juste avant de partir, Richard est retourné au Thank God pour chercher ses cigarettes, qu'il a dit. Il était vingt-trois heures trente.

RICHARD

Au moment de lever le camp, je suis descendu du camion en prétextant avoir oublié mes Player's au casse-croûte. Clara ne s'est doutée de rien. En rentrant au Thank God, j'ai suivi mon plan : je me suis dirigé en vitesse vers la cuisine où j'ai zigonné avec les valves de gaz et vérifié que toutes les fenêtres étaient bien fermées. La justice a parfois besoin d'un petit coup de pouce. Bob ronflait devant la télé. J'ai piqué deux biscuits aux pépites de chocolat sous la cloche à gâteau et je suis sorti en courant, les semelles de mes bottes couinant dans la neige comme un lièvre sous les serres d'un faucon.

*

Je n'ai jamais vraiment su ce qui s'était passé à Montréal, quand Clara était repartie le soir du 18, pour mettre de l'ordre dans sa vie en quelque sorte. Je peux simplement affirmer qu'elle est revenue vers moi à la fois lourde de tristesse et soulagée d'un poids qui la tirait vers le bas depuis le départ de sa fille. Je n'ai pas posé de questions, je ne l'ai pas cuisinée, je n'ai pas cherché à savoir. À quoi bon ? Je me dis que ça ne regarde que Clara, tout ça. Sa vie d'avant, son mariage de marde et les moyens qu'elle a pris pour faire table rase et se donner le droit à une deuxième chance. Heureusement, s'il est vrai que les cœurs ne guérissent jamais tout à fait, ils finissent quand même presque toujours par survivre. Il faut du temps, bien sûr, mais il faut surtout de l'amour. De l'amour à la pelletée. Ce qui ne m'inquiète pas une miette, je dois dire, parce que s'il y a une chose que je sais donner sans compter, c'est bien celle-là. Étrangement, c'est souvent ceux qui en ont le plus cruellement manqué qui arrivent à en prodiguer le plus. Et puis il faut de l'espoir, aussi. Parce que, comme on dit, rien n'est jamais fini tant que ce n'est pas fini.

Ça s'est déjà vu, des roses pousser dans des jardins remplis d'orties.

POULIOT

Le soir du 24, je suis arrivé dans le parking du Thank God quelques secondes après Racine et Lemieux. Quand j'ai garé ma voiture, je les ai vus qui se dirigeaient ensemble vers le casse-croûte. Racine est entré le premier et Lemieux a suivi. Suspendue à la porte, l'affiche FERMÉ a dansé quelques instants. Il était minuit fendu en deux. Les cloches de l'église sonnaient. Je me disais que ça allait être un beau Noël.

Je suis sorti de ma voiture. Mordu par le froid polaire, le peu qu'il me restait de queue m'élançait jusqu'à me faire grimacer de douleur. Estelle, ma femme, m'a téléphoné en beau maudit pour savoir quand j'allais rentrer. Tout en l'écoutant, j'ai vu Racine fouiller dans sa poche, porter une cigarette à sa bouche et ensuite craquer une allumette.

Après, plus rien. Tout a explosé dans un vacarme assourdissant. On aurait dit un ouragan venu de l'enfer. Mes cheveux ont roussi et mes sourcils sont partis en fumée. Le Thank God au complet flambait pendant qu'Estelle continuait de me sermonner au bout du fil.

Fumer peut vous tuer, qu'ils disent. Tu parles.

Puis le 25, sans surprise, les flics sont arrivés chez moi avec un mandat d'arrestation. Viol d'une mineure. « Preuve béton », a dit l'inspecteur Poitras, qui le tenait du procureur en chef en personne, lequel, dans les circonstances, avait dû interrompre son réveillon de Noël pour mener l'affaire. J'ai toujours pensé que quelqu'un finirait par mettre la main sur cette foutue vidéo. Si on n'avait pas attendu si longtemps pour la récupérer, aussi, on n'en serait pas là.

En tout cas, une chose était certaine, j'étais fait.

Après ça, Estelle a demandé le divorce et mes codétenus se sont fait un plaisir de me faire payer mon crime assez cher, merci. Violeur, pédophile et flic, on ne peut pas dire que ce soit exactement la combinaison gagnante quand on séjourne en taule. Si bien que, pour ma protection, on a dû m'envoyer en isolement jusqu'à ce que la poussière retombe. 24/7 au trou, c'est assez pour rendre fou. À côté de ça, je vous jure que j'aurais préféré sauter avec les deux autres. Mais bon. *Such is life.*

Quand je repense à toutes ces autres petites minettes que j'ai réussi à me taper au fil du temps sans me faire épingler, je m'estime encore chanceux de n'avoir pris que six ans. Reste à voir si le cirque médiatique entourant l'affaire ne les poussera pas à me dénoncer. Sinon, je me dis que je devrais être bon pour sortir plus vite qu'on pense et me refaire une vie. Si Dieu le veut, bien évidemment. Et si je ne me fais pas descendre d'une balle dans le crâne sitôt libéré par un justicier n'ayant plus rien à perdre.

Tout est toujours possible.

GASPARD

À : nemesis@alive.com
De : gdumontier@mixmatchfilms.com
Date : 20 août 2022

Chère Clara,

Me croirez-vous si je vous dis que j'ai reçu seulement hier matin l'enveloppe que vous m'avez envoyée il y a de cela plus de huit mois ? Selon toute vraisemblance, et si je me fie aux nombreuses oblitérations qui la recouvrent, celle-ci a voyagé par monts et par vaux dans votre grand Québec, et ensuite à travers toute la vastitude des États-Unis avant de me parvenir ici, à Los Angeles.

Sachez que j'ai été profondément touché par les mots que vous m'avez adressés et par la gratitude que vous avez exprimée à mon endroit. Je me réjouis de vous savoir maintenant convaincue de mes meilleures intentions et de tout mon amour envers votre fille bien-aimée.

Je peine à imaginer le choc que vous avez dû ressentir lorsqu'en parcourant les journaux intimes de Sabine, vous avez finalement découvert le pot aux roses. Soyez assurée que je compatis à votre immense chagrin et à votre désenchantement, et que je me suis empressé de remettre à Sabine l'enveloppe qui lui est adressée personnellement. Quant à savoir si oui ou non elle acceptera de l'ouvrir et d'en lire le contenu, nul ne peut le prédire. Cependant, je peux vous promettre que je ferai tout mon possible pour débloquer cette situation d'impasse plombée par le non-dit, et faciliter entre vous une réconciliation qui aurait dû se produire depuis déjà bien trop longtemps. Après tout, qu'est-ce qu'une mère sans sa fille, et une fille sans sa mère ?

Permettez-moi de vous souhaiter tout le bonheur que vous méritez, Clara. Puissiez-vous enfin trouver la paix et la sérénité qui vous ont tant manqué ces dernières années.

Avec toute mon affection,

Gaspard

Noël, un an plus tard

La neige tombe en tourbillonnant dans le vent tandis qu'une carriole tirée par des chevaux fait entendre le son joyeux de ses grelots. Dans le salon inoccupé d'une jolie maison de campagne construite à flanc de montagne, non loin d'un tout petit village paisible et sans histoire, un feu crépite au creux de la cheminée, et des voix enjouées provenant de la cuisine se font entendre. Comme ça, toute décorée pour Noël, on jurerait la maison du bonheur parfait.

Et pourtant les spectres du passé y rôdent encore souvent. Bien sûr, ils se font plus discrets depuis que Clara et Richard ont réussi, à force d'espoir et de résilience, à les tenir à distance. Mais tout le monde sait bien qu'il se trouvera toujours une simple réminiscence, quelqu'un ou quelque chose, quelque part, un son, peut-être, la mélodie d'une chanson, à moins que ce ne soit le goût d'un biscuit, une certaine lumière ou un parfum particulier pour faire ressurgir des tourments qu'on croyait apaisés à jamais.

Des plans pour se remettre sur les cachets, se dit parfois Clara, en ces jours mal lunés où son corps la fait de nouveau souffrir. Mais elle le sait, maintenant, que ces douleurs sont passagères, aussi aiguës puissent-elles être. Que ce ne sont que de mauvais moments à passer, comme on dit, des nuages qui narguent le soleil mais que le vent finit immanquablement par chasser. Car telle une aile de vautour s'interposant entre le soleil et sa proie, le passé peut venir assombrir le présent à chaque instant. C'est selon les heures et les dispositions du cœur. Il connaît notre adresse, le sacripant, bien conservée dans son disque dur, et il ne se gêne pas pour venir chier sur notre perron, de temps à autre, question de laisser ses traces puantes nous asphyxier au moment où l'on s'y attend le moins.

Malgré la magnificence du grand sapin tout illuminé, Richard et Clara ne peuvent s'empêcher d'avoir une pensée émue pour ceux et celles qu'ils ont perdus. Ils les honorent de leur mieux. Richard a ainsi tenu à accrocher aux branches enguirlandées la photo de Nicolas et de Cynthia, juste à côté de celle de sa mère. Clara, elle, a collé au mur ce calendrier de l'avent si cher à Sabine, avec le ruban double face trouvé dans l'établi. Et puis il y a aussi ce cliché d'Oprah et Symone, croqué sur le vif à l'aide du iPhone de Clara, placé tout près de la bonbonnière.

Pendant qu'à la cuisine, Richard et Clara préparent le repas du réveillon, la télé joue en sourdine au salon. À l'écran, la speakerine commence à lire le bulletin de nouvelles.

— *L'homme d'affaires Bernard Marleau, soupçonné d'entretenir des liens étroits avec le crime organisé, serait introuvable. Selon certaines sources, sa tête serait mise à prix. Il aurait en effet quitté le Québec en début d'année, complètement ruiné, pour aller s'établir à New York sous une nouvelle identité, et ce, dans le but d'échapper à la justice ainsi qu'à la mafia.*

Montréal. On apprend que le corps d'une femme a été retrouvé sans vie, hier soir, dans une benne à ordures, derrière une piquerie du centre-ville. Aux dires des autorités, il s'agirait de Cynthia Wilson. La femme aurait été tristement emportée, comme bien d'autres toxicomanes cette année, par une surdose de fentanyl.

Mont-Laurier, dans les Laurentides. Il y a un an jour pour jour, le propriétaire d'un petit motel fréquenté par les camionneurs et les motoneigistes perdait la vie dans l'explosion de son commerce, emmenant avec lui dans la mort le maire de la ville et le chef de police de la municipalité. On se rappellera qu'un défaut des valves de conduites de gaz fut à l'origine de la déflagration qui a détruit le mythique Thank God dont il ne reste plus rien.

Clara, qui n'a rien entendu des nouvelles, entraîne Richard dans quelques pas de danse devant la cuisinière. Elle hausse le volume de la radio et s'époumone sur des chants de Noël, un verre de rouge à la main.

La sonnerie d'une minuterie résonne soudain. La vieille Mariette, rivière de diamants au cou, fait son entrée dans la cuisine pour retirer du four des tartes dorées qui répandent leur délicieuse odeur de pommes, de beurre et de cannelle.

— Au diable le cholestérol, dit-elle, bien déterminée à tricher sur la diète stricte que lui a imposée son cardiologue. Une fois par année, ce n'est pas vraiment ce qu'on appelle exagérer, n'est-ce pas?

— Comme vous dites, Mariette, répond Clara. Après tout, que vaudrait la vie sans tous ces petits plaisirs coupables?

Alors que les deux femmes dressent la table et allument les bougies, l'ordinateur de Richard émet un petit son. Intrigué, ce dernier s'approche et ouvre à l'écran un message de son collègue Marcel qui lui transfère une communication à la demande expresse d'une certaine Symone.

Richard n'en croit pas ses yeux. Au bord des larmes, il tourne l'appareil en direction de Clara et clique. Apparaît alors une vidéo de Symone tenant dans ses bras Nicolas, son petit garçon de neuf mois, tous deux souriants dans un paysage hivernal féérique, aux côtés d'Oprah qui arbore fièrement son ruban Gucci. En arrière-plan, on peut apercevoir un bistrot plein de charme, une maisonnette de bois décorée d'une enseigne sur laquelle on peut lire distinctement *La biche de Clara*.

— *Alors, les tourtereaux*, dit Symone, pétillante comme un verre de champagne, *ne croyez-vous pas qu'il est grand temps de nous revoir ? J'avoue que je ne lèverais pas le nez sur un peu de renfort à la cuisine et au service aux tables… si le cœur vous en dit… évidemment.*

*

Richard sort sur la terrasse enneigée et allume une cigarette. Son cœur se serre, ses yeux s'embuent. Quand même, se dit-il, ce qu'il en faut du talent et du courage pour réussir à créer de la joie là où il n'y avait autrefois que du chagrin. De la confiance là où la douleur des trahisons est encore vive, et de l'espérance là où il n'y avait que détresse et envie d'en finir. Il faut aimer follement la vie pour encore croire au meilleur après avoir vu le pire, revenir de son passé pour ensuite prendre le risque d'aller vers un avenir que l'on espère plus radieux. Voilà ce qu'il se dit, le beau routier, en regardant Clara, à travers la fenêtre, virevolter et exulter de joie devant le message de Symone qu'elle repasse en boucle, inlassablement. Il pense aussi que le meilleur est à n'en pas douter sur le point de survenir. Il suffit simplement de ne pas capituler et d'être convaincu, au plus profond de soi, d'y avoir enfin droit.

Puis Richard empile quelques bûches au creux de son bras et rentre par le salon où la télé joue toujours. Pendant qu'il répand les braises entre les chenets, on annonce une nouvelle de dernière heure :

— *On apprend à l'instant que la mégastar de cinéma Sabine Dumontier, l'épouse du producteur du même nom, tiendra le premier rôle dans le prochain film du grand réalisateur Denys Arcand, dont le tournage se fera entièrement au Québec. C'est déjà la frénésie sur les réseaux sociaux où les millions de fans de l'actrice s'affairent à commenter la nouvelle. Si l'on en croit les propos rapportés dans le magazine* Séquences, *madame Dumontier serait impatiente de revenir chez elle pour l'occasion, et de revoir enfin sa mère Clara.*

À ces mots, Richard laisse tomber le tisonnier et agite ses bras vers le ciel, laissant son grand rire tonitruant se mêler à ses larmes.

— Joyeux Noël, Clara ! s'écrie-t-il en courant vers la cuisine, pendant que dans la cheminée le feu renaît vigoureusement de ses cendres. Accroche-toi bien, mon amour ! Parce que ça m'a tout l'air que la vie reprend du poil de la bête !

Hatley, octobre 2022.

De la même auteure

Démaquillée
Autobiographie, Éditions de l'Homme, 2010.
Réédition Québec Amérique, collection « Nomades »,
2017.

Le pot au rose
Roman, Éditions de l'Homme, 2013.
Réédition Québec Amérique, collection « Nomades »,
2017.

Le cœur gros
Roman, Québec Amérique, 2016.